长白山新派丛书

张福有 主编

张玉璞诗词选

张玉璞◎著

時代文藝出版社

图书在版编目（CIP）数据

张玉璞诗词选 / 张玉璞著. —长春：时代文艺出版社，2019.7
（长白山诗派丛书 / 张福有主编）

ISBN 978-7-5387-6068-2

Ⅰ. ①张… Ⅱ. ①张… Ⅲ. ①诗词－作品集－中国－当代 Ⅳ. ①I227

中国版本图书馆CIP数据核字（2019）第028802号

出 品 人　陈　琛
产品总监　郭力家
责任编辑　曾艳纯
封面题字　王云坤
装帧设计　孙　利
排版制作　任　奕

张玉璞诗词选
张玉璞 著

出版发行 / 时代文艺出版社
地址 / 长春市福祉大路5788号　龙腾国际大厦A座15层　邮编 / 130118
总编办 / 0431-81629751　发行部 / 0431-81629755　北京开发部 / 010-63108163
官方微博 / weibo.com / tlapress　天猫旗舰店 / sdwycbsgf.tmall.com
印刷 / 三河市万龙印装有限公司
开本 / 710mm × 1000mm　1 / 16　字数 / 180千字　印张 / 13
版次 / 2019年7月第1版　印次 / 2019年7月第1次印刷　定价 / 78.00元

图书如有印装错误　请寄回印厂调换

巍峨长白　张福有 摄

⊙2011年8月22日，张福有在长白山天池

主编简介

张福有，别署养根斋，祖籍辽宁东港，1950年生于吉林集安良民村，中央党校研究生，研究员。中国文联全委，中国摄影家协会理事，中国作家协会会员，中国书法家协会会员。曾任集安县委办公室副主任，通化地委办公室副主任，吉林省委副秘书长兼办公厅副主任，白山市委副书记兼政协主席，吉林省委宣传部副部长（正厅长级）兼吉林省社科联党组书记、副主席，吉林省文联（吉林省作协）党组书记、副主席和吉林省社科院副院长，吉林省政协常委，中华诗词学会二届、三届副会长等。现为中华诗词学会顾问，吉林省诗词学会会长，长白山诗副社长，《长白山诗词》主编，吉林省长白山文化研究会会长，吉林省文史研究馆馆员，吉林师范大学客座教授，中国社科院东北工程专家组成员，吉林省文物局集安麻线高句丽碑、安图长白山神庙遗址、抚松枫林遗址专家组成员。著有《养根斋诗词选》《张福有诗词选续辑》《诗词曲律说解》《长白山诗词史话》《高句丽王陵统鉴》等，辑笺《长白山诗词选》，编著《长白山诗词论说》《百年苦旅》《集安麻线高句丽碑》等，主编《长白山池南撷韵》等三十多部，有三十多项考古新发现，填补空白，纠正误识误读。2012年荣获“全国优秀科普名家”称号。被《长白山诗词》和“诗词中国”推荐为：“吉林诗家”“中华诗人”。力行以诗证史，倾心培育长白山诗派，为长白山文化研究和建设做出开拓性贡献。

长白瀑布　张福有 摄

⊙张玉璞

作 者 简 介

张玉璞，笔名琢璞，吉林省四平市人。现为中华诗词学会理事、吉林省诗词学会副会长、四平市诗词学会会长、四平市纳兰性德诗词研究会会长、吉林省作家协会会员、北京纳兰文化出版中心编委、北京市海淀区纳兰文化研究中心特聘研究员、《四平诗词》主编、中华诗词论坛《辽畔吟旌》首席版主。2010年作者诗词被收入《中华世博题赠艺术大典》一书；2011年《长白山诗词》第四期以"吉林诗家"的名义对作者进行了专题介绍并发表诗词三十余首；2006年和2016年分别出版诗词集《生命的旋律》《琢璞集》。其中《琢璞集》被评为2018年四平市第十届社会科学优秀成果奖著作类一等奖。作者曾在《中华诗词》《诗刊》《党建》《长白山诗词》《诗词之友》《中国诗赋》等刊物发表诗词二百余首。2014年10月以来，作者五次为中宣部《时代楷模》创作诗词并在中央电视台综合频道播出，十二次为中宣部《最美人物》等创作诗词被选用。2015年在中宣部、中华诗词学会等单位主办的"书写核心价值、送你平安吉祥"新春诗词大赛中获二等奖；2016年在中宣部、中华诗词学会等单位主办的"诗词飞扬党旗飘"七一诗词大赛中获二等奖。

八声甘州·英城盛会

看纳兰祖地韵飞扬，
古邑绽芬芳。正东风翠柳，
湖船破浪，沃野飘香。最
是客朋满座，词赋赞家乡。
崛起英雄市，百业隆昌。

薪火千年传递，四海
一家响，史册荣光。令宏
图再绘，大步迈康庄。惠
黎民，共赢追梦，展雄风，
盛世铸辉煌。挥椽笔，五
城联创，续写华章。

2016.6.19.

⊙张玉璞手稿

总　序

经过多年的策划，“长白山诗派丛书”今年终于全面启动了。

早在1994年春，时任中共白山市委副书记蒋力华建议拙斋编辑《长白山诗词选》，并云：“担纲者，非兄莫属也。”拙斋深感兹事体大意深，可做，亦应做好。只是时任中共吉林省委副秘书长兼办公厅副主任，分管综合、信息、督查等政务工作，没有时间去做。1996年5月9日，拙斋亦被省委派到白山，任中共白山市委副书记兼市政协主席。当晚席间，力华说：“老兄，《长白山诗词选》这回可以动手了吧？”我答：“此事现在真的可以做了。”

此后，两年的业余时间，均做此事，每天只睡两到四个小时。辛苦，但很充实，也很快乐。

1998年9月8日，拙斋在白山市主持召开了全国第三次长白山文化研讨会暨《长白山诗词选》首发式。应拙斋之请，时任吉林省政协主席张岳琦同志莅临会议。中华诗词学会孙轶青会长写来贺诗。中华诗词学会常务副会长、《中华诗词》杂志社社长梁东，副会长、《中华诗词》主编刘征，副会长兼秘书长、《中华诗词》常务副主编周笃文，副会长、《中华诗词》常务副主编杨金亭，副会长、河南省诗词学会会长林从龙，中华诗词学会顾问、广西政协副主席、诗词学会会长钟家佐，《诗刊》常务副主编丁国成，著名诗词理论家丁芒等国内诗词大家齐聚白山，共襄盛举。会上，诸位诗词界权威盛赞《长白山诗词选》的辑笺和出版发行。丁芒先生着重谈了《长白山诗词选》的史学意义。梁东先生说："白山市委能从历史文化遗产中吸取力量，从几千年历史中展望未来，难能可贵。"刘征先生说："张福有同志辑笺《长白山诗词选》的出版，为繁荣中华诗词做出了不可磨灭的贡献。"周笃文先生说："词的源头可以追溯到《纪辽东》。《长白山诗词选》收录了隋炀帝和王胄的《纪辽东》，既是对长白山文化的贡献，也是对中华诗词的贡献。"杨金亭先生说："随着《长白山诗词选》的出版，呼唤长白山诗派的出现。《长白山诗词选》的出版，不仅是张福有同志对长白山文化的贡献，对繁荣中华诗词也做出了不可磨灭的贡献。这部书的问世，为研究长白山文化在中华文化中的个性与特色，提供了资料。这对于建设长白山诗派，很有益处。现在，全国的诗词创作空前活跃，不足之处是缺少诗派，或者说，有的流派还在形成之中。随着《长白山诗词选》的出版，呼唤长白山诗派的出现。只有众多诗派形成之后，才能有真正的诗词的繁荣。"这都是十分难得、甚为宝贵的评价和建议。尤其是杨金亭先生的意见，对于我们吉林省的诗词创作，具有特别重要的指导意义。中华诗词学会这几位先生的重要讲话，均收录在2001年10月出版的《长白山诗词论说》一书中，由时代文艺出版社出版。

培育长白山诗词流派，最重要的是加强诗词建设。加强诗词建设，是一项宏大的事业，要将其作为事业来对待。要有事业心和责任感，在队伍建设、阵地建设、理论评论建设、风格流派建设等方面取得突破。就此问题，我们抓了三十年，大致分为三个阶段：

第一个阶段是前十年。从1987年5月15日吉林省诗词学会成立，到1998年9月8日全国第三次长白山文化研讨会暨《长白山诗词选》首发式的举办。这十年多，主要是打基础，从组织上做准备和铺垫。长白山诗社几位社长特别是文中俊先生，做了很多工作。这十年多，虽然没有明确吉林的诗词发展要以什么为目标和主攻方向，但加强队伍建设、办好《长白山诗词》，传承旧体诗词、发展和繁荣诗词创作等方面，是明确的，而且是非常重要的。这是打基础的阶段。

第二个阶段是中十年。从1998年9月8日到2008年9月12日，即从全国第三次长白山文化研讨会暨《长白山诗词选》首发式起，到吉林省诗词学会第二次会员代表大会的召开。主要目标是深入挖掘长白山诗词的历史底蕴，建立、健全各级诗词组织。

长白山诗词底蕴深厚，从《诗经》的“大东”“追”“貊”“商”，到词的源头《纪辽东》；从汉、魏、晋、唐、宋，到辽、金、元、明、清，长白山诗词源远流长，而且有优秀的传世作品。隋炀帝的《纪辽东》，唐太宗的《辽城望月》，李白的《高句丽》《送王孝廉觐省》，张元幹的《念奴娇》，萧太后的《秋猎》，王寂的《渡辽》，赵秉文的《长白山行》，刘敏中的《卜算子·长白山中作》，朱元璋的《鸭绿江》，康熙的《望祀长白山》《柳条边望月》《松花江放船歌》等，吴兆骞的《长白山》《长白山赋》，乾隆的《驻跸吉林境望叩长白山》《望祭长白山》《吉林览古杂咏》《吉林土风杂咏十二首》等，张凤台的《赠刘建封》，刘建封的《白山纪咏》等，十分珍贵，不可多得。尤其是“三吴”——吴兆骞、吴大澂、吴禄贞，二沈——沈承瑞、沈兆禔，“吉林三杰”——成多禄、宋小濂、徐鼐霖，在长白山诗派中都堪称独树一帜，成就斐然。

《长白山诗词选》出版之后，我又陆续查找到一些与长白山直接有关的诗词。如，从金代王寂的《张子固奉命封册长白山回以诗送之》七律中可知，金代是派张子固到长白山北的神庙即安图“宝马城”封册长白山神为“开天宏圣帝”的。此事，《金史》中无记载，是以诗证史的典型例证。2009年，我将王寂这首七律收录进《长白山池南撷韵》一书，由吉林人民出版社出版。从王寂《鸡儿花》的五律中，可知他在信州偏脸城中的大明寺住过。曹雪芹的祖父曹寅，随康熙东巡到过吉林，有词《满江红·乌拉江看雨》，可谓坚证。吴大澂在《皇华纪程》中留下很多诗词，一路上在吉林境内吃住过好多地方。其实，他在第一次奉使吉林时（光绪六年腊月十五晚）就住在敦化官地镇岗子村，当时叫通沟镇，通沟驿站就是吴大澂增设的。通沟驿站的位置，与现在的通沟书院紧相比邻，仅距几十米。这都是不可多得的力作和掌故。这些长白山诗词作品，奠定了长白山诗词流派的根基。这是一笔非常宝贵的精神文化遗产。

我们要培育、建设长白山诗词流派，首先要深刻认识古人这些长白山诗词作品的重要价值，从中汲取养分，才能将其很好地传承下去。全省多数市州和有条件的县市区，都建立了诗词组织。2001年，由翟志国选编的《长白山诗词精选》，收录了《长白山诗词》自1985年创刊到2000年十五年间的诗词精品，正式出版。2003年出版的拙著《一剪梅情缘》，事由李克谦先生发端，俞平伯之子俞润民、陈煦伉俪热心助力，欧阳中石先生题写书名，严迪昌先生作序，全国近三百位诗人参与，感动了全国诗词界，其中的主要文章被收入《中华诗词年鉴》。

《长白山诗词选》出版以后，得到书法家的高度重视。徐邦家先生率先书写，出版专著。全省很多县市的县志、市志中，选入与当地有关的长白山诗词。吉林省地方志办公室又让我从志书里的诗词中，选收《志咏长白》等一百首，专门出版。《长白山诗词百韵》，是根据蒋力华先生的提议，由我从《长白山诗词选》中选录的。这一百首诗词，周至清代六十首，民国十首，当代三十首。书已出版，书法作品还举办了展览。

第三个阶段是后十年。从2008年9月13日到2018年4月4日，即从吉林省诗词学会第二次会员代表大会的召开起，到这次编辑的“长白山诗派丛书”书稿送交时代文艺出版社。

2008年9月13日，我们召开了吉林省诗词学会第二次会员代表大会。经会长办公会讨论、张岳琦会长审定，我在报告中提出“发展振兴我省诗词事业，培育、建设长白山诗词流派，使之进一步融入全国诗词由复兴走向繁荣的大潮”的五项主要工作任务：一是，扩大诗词队伍，加强组织建设；二是，提高创作质量，办好《长白山诗词》；三是，深入生活，深入实际，多创作关心时事、反映现实、感悟人生的作品，使之成为诗词创作的主流；四是，加强对外交流；五是，与时俱进，积极开发电子网络传媒中的诗词活动。其中主要是通过大规模采风创作，锻炼、提高队伍，坚持出版大型主题诗词集。这期间，在集安、长白山池南区、江源、通化县、公主岭、白城、农安、辉南、珲春、图们、梅河口、通榆、长白山池北区、四平、东丰、吉林市龙潭区江密峰镇、敦化等地举办的诗词采风和诗词活动中，我们都反复强调培育、建设长白山诗词流派这一重要工作，形成共识，齐心协力地抓落实，见到显著成效。

2010年3月21日，中华诗词学会顾问、《中华诗词》主编杨金亭先生在我省农安诗人叶宝林的诗词研讨会上高兴地说：“可以说，长白山诗词流派，现在已经初步形成。”这是杨金亭等先生对吉林和东北诗词事业的充分肯定。

三十年间，我们主要做了以下工作：

一是，连续组织大型采风活动。

1. 2005年4月23—24日，关东诗阵第一届年会暨杏花诗会在白城市召开。

2. 2006年，关东诗阵年会暨百家诗人咏黄龙活动于7月12—13日在黄龙府农安召开。

3. 2007年4月29日—5月2日，在集安召开年会，著名诗人熊东遨、包德珍、韩林坤、张驰参加。出版采风诗集《历代诗人咏集安》。

4. 2008年3月16日，由耐寂轩主主编的《长白山诗词》刊发《关东诗阵专号》，共收关东作者一百三十余人，近五百首作品。

5. 2008年9月5—7日，由长白山池南区管委会、关东诗阵联办的“长白山池南颂采风之旅暨关东诗阵2008年年会”在长白山池南区召开。出版采风诗集《长白山池南撷韵》。

6. 2009年3月23日，在中共吉林省委宣传部的大力支持下，召开了《长白山池南撷韵》出版座谈会，来自吉林、黑龙江等地的六十多位作者代表出席。

7. 2009年6月12—14日，在公主岭市举办“公主岭诗乡之旅暨关东诗阵2009年年会”，著名诗人熊东遨、李枝葱参加。出版采风诗集《公主岭风韵》。

8. 2009年7月，通化县“酒海溢香”诗会。出版采风诗集《酒海溢香》。

9. 2009年9月28—30日，由白山市江源区、中华诗词论坛、吉林省诗词学会、长白山文化研究会主办，中共白山市江源区委宣传部、关东诗阵、江源区文化旅游局承办的“江源毓秀金秋采风”活动暨《百年苦旅》首发仪式、庆祝关东诗阵成立五周年大会在江源区举行，包德珍、张驰再度参加。出版采风诗集《江源毓秀》。

10. 2010年5月，举办白城杏花诗会，熊东遨、钱明锵参加。

11. 2010年7月6日，在辉南玛珥湖山庄举办“当代诗人咏辉南龙湾采风行”活动。出版采风诗集《当代诗人咏辉南》。

12. 2010年9月11日，农安诗会暨关东诗阵2010年年会。出版《黄龙逸韵》。

13. 2011年6月，再次组织通化县采风活动，召开关东诗阵2011年年会。出版采风诗集《诗人走进通化县》。

14. 2011年8月，《图们江放歌》出版。8月19日—21日，在图们市朝鲜族百年部落举行首发式，三十位诗友聚集一堂，围绕《图们江放歌》出版发行的历史意义、文化价值、培育长白山诗词流派等问题开展研讨。

15. 2011年12月，《辛卯开岁联唱集》出版。

16. 2012年7月20—22日，梅河口采风活动，召开关东诗阵2012年年会。采风作品收入《梅津汇律》《海龙吟》。

17. 2012年9月22—23日，《珲春韵汇》《延边礼赞》出版，为延边设州六十周年献上厚礼。

18. 2013年8月5—6日，通榆向海采风活动，召开关东诗阵2013年年会。出版采风诗集《鹤乡雅韵》。

19. 2014年5月28日，中共四平市铁东区委、区政府和四平市诗词学会，共同举办“纪念纳兰性德诞辰三百六十周年端午诗会”，吉林省诗词学会参加活动。

20. 2014年7月4—6日，《诗情画意鹿乡行》采风启动仪式在东丰县举行。“中华诗词论坛·关东诗阵”的主力五十位诗友参加采风，召开关东诗阵2014年年会。12月31日，中共东丰县委、县政府隆重召开《诗情画意鹿乡行》首发式，有七百多人参加。

21. 2014年8月28日，中华诗词学会主办的“寻梦纳兰性德祖地，走进诗情画意四平”诗词研讨会在四平市铁东区叶赫大架山晨亮会馆举行。全国诗人走进四平，省诗词学会大力支持。四平市诗词学会为了宣传纳兰性德祖居地，研究纳兰性德诗词，还举办了纳兰性德诗词大讲堂。

22. 2015年12月18—21日，“纪念刘建封诞辰一百五十周年长白山诗会”在长白山一山一蓝生态主题酒店举行。诗词中国组委会代表、中国出版集团中版文化传播公司总经理助理沈昊，向“诗词中国创作基地定点合作单位”一山一蓝生态主题酒店、长白山历史文化园授牌。2015年度关东诗阵年会召开。会后结集出版《韵补东荒》。

23. 2016年9月23—25日，吉林省诗词学会组织东北三省部分诗人在吉林市龙潭区江密峰镇采风。“精彩龙潭”诗词座谈会暨关东诗阵2016年年会在龙潭区档案馆召开。关东诗阵九名版主参加了这次活动。

24. 2017年4月29日—5月1日，“敖东绮韵”关东诗阵2017年年会在敦化举行。敦化市诗词学会和通沟书院于亚茹院长给以大力支持。

关东诗阵的年度采风，得到了吉林省委原书记王云坤的高度重视和鼎力支持，多次题写书名，得利了吉林省政协原主席、中华诗词学会顾问、省诗词学会老会长张岳琦和中共吉林省委原副书记、省诗词学会顾问唐宪强的大力支持。只要能脱开身，他们都尽量到采风市县参加活动。平时，也帮助省诗词学会解决不少难题。吴文昌同志曾任中共吉林省委组织部副部长、吉林省人事厅厅长等职，出任“中华诗词论坛·关东诗阵”首版助理，帮助论坛把关定向，做了很多重要工作。个人出版有《临清集》《俯仰集》等三本诗集。聂德祥同志退休前任吉林省诗词学会副会长，是学会资历最深的副会长，出版有《试剑集》和《虎啸集》，积累了大量资料和诗词档案，为学会的建设做了很多工作。在每年诗词采风之后的编书工作中，副会长翟志国的从严把关让人记忆犹新。出力最多的是副会长温瑞，眼明手快，加快了进度，保证了质量。副会长邵红霞和关东诗阵首版助理高丰清多次参与编书。除了采风之外，我们还根据中华诗词学会的部署，编辑出版了《中华诗词文库·吉林诗词卷》，堪称是对长白山诗词流派建设成果的一次集中检阅。我们还根据中华诗词学会的部署，编辑了《当代中华诗词集成·吉林卷》。

二是，坚持办好《长白山诗词》，出版具有地域特色的诗词作品集。《长白山诗词》，有国内外公开刊号，张岳琦主席提出明确的办刊理念：“扎传统之根，开时代之花，育佳作之林，建诗友之家。”双月刊，现已出刊一百四十八期。

在采风之后正式出版的大型主题诗集之外，我们还编辑出版了《香远溢清》《百年苦旅（诗贺）》《戍楼浩咏》《人民警察颂》《法书吟鉴（诗贺）》《李元才书法集（诗贺）》《白山纪咏》《雪域情怀》《纪辽东》《辛卯开岁联唱集》《松花玉咏》《长白山黑陶》《公主岭玉米之乡》《吴景升文集（诗贺）》等诗集。九台、德惠、农安及白山、集安、通化县等地，都有固定的诗词刊物和诗集出版。真可谓硕果累累，被中华诗词论坛张驰先生称为“关东诗阵现象”“吉林诗词现象”，被周笃文先生誉为“关东铁军”。

关东诗阵的历任首版及版主，无偿做了大量工作。《关东诗阵·精华卷》，从2004年10月，到2018年3月，共有一百六十二卷，收录精华诗词曲一万零五百八十五首（篇）。其中，诗七千三百一十首，词三百一十六首，曲九十五首，赋四篇，楹联十五副。吉林省诗词建设成就斐然，与长白山诗社序列在吉林省政协有直接关系。三十多年前，中共吉林省委强晓初书记大力支持成立长白山诗社和省诗词学会，诗社有编制、有经费、有公开正式刊号。张岳琦主席等吉林省政协主要领导继续大力支持，使得吉林的诗词事业不断发展。

在近十一年由吉林人民出版社等出版的二十多本大型主题诗集中，有诗词三万多首，其中约有两万首是相对集中写长白山的诗词作品。这是长白山诗词流派的重要内容和代表作。采风所得的丰富作品与大家平时创作的作品，构成“长白山诗派丛书”的坚实基础。出版《会意天风合律鸣》等八本诗词专辑的中共吉林省委宣传部原常务副部长、省诗词学会副会长蒋力华同志，对长白山诗词创作取得的这些丰硕成果，由衷地高兴，指出：建设“诗域吉林”，已经初见成效。

三是，重在培养提高创作队伍。吉林省内多数市州县区，都有诗词组织和刊物。很多诗人都出版了自己的诗词专辑，有的出版过多本。白城“四匹狼”、德惠“三花一剑”、磐石“草堂八友”、“佟江七子”、“通化八拙”等，名传省外。李容艳、陈淑艳等诗友将关东诗阵每年一度的采风创作称之为“拉练”。每次“拉练”，关东诗阵都是主力。以《长白山池南撷韵》为例，本书作者来自全国二十三个省、市、区一百九十八人，其中，东北三省九十八人，占近百分之五十。在东北三省的九十八人中，吉林省八十一人，占百分之八十二点七。在中华诗词学会举办的六届

“华夏诗词奖”中，先后有邵红霞、奚晓琳、张文学获一等奖，翟志国、于德水、褚艳芳、寇彦龙、李红光、赵丽萍、李振平获二等奖，刘庆霖、陈旭、吴菲、边郁忠、张彦、于海凤、吴文昌、田子馥、宋轼霖、张英玉、张景芳、叶剑波、冯振江、房爱广获优秀奖。其他奖项吉林诗人就更多了。

被诗词界誉为“诗坛铁军”的这支队伍，招之即来，来之能咏。人民出版社出版的《呼唤》，中华诗词学会第四次会员代表大会的志贺诗《蟹岛唱和集》，近三年恭王府的《海棠雅集》，在很短的时间内，我在大家的支持下，均约提供了二分之一的作者、三分之二的作品。

四是，积极争取发展繁荣长白山文化、长白山诗词进入吉林全省工作决策中。根据我们的建议，长白山文化建设包括长白山诗词建设，陆续被写入省党代会报告、省委全会的决议和省政府、省政协的工作报告中，写入省委常委会、省政协的年度工作要点中，真正进入全省的工作决策。这是前所未有的重大转变，标志着长白山文化、长白山诗词建设，已经由研究层面，进入到实施层面，意义重大，影响深远。这一重大转变的时点，恰逢长白山得名一千周年之际。据《辽史》记载，辽圣宗统和三十年（1012年），“长白山三十部女直乞授爵秩”，并有“长白山女直国大王府”“鸭绿江女直大王府”之说。女直即女真，因为避辽兴宗耶律宗真之讳，辽改女真为女直。在长白山得名一千周年之际，吉林省政协于2012年6月27日，在省宾馆成功地举办了长白山文化发展论坛，机遇巧合，意义殊深。时任省政协主席、后为省长、现为省委书记的巴音朝鲁主持会议，时任全国政协副主席孙家正到会做重要讲话，省政协副主席任凤霞主持第二阶段论坛，省政协书画院院长、省诗词学会副会长蒋力华具体负责筹备这次长白山文化发展论坛。著名学者余秋雨先生和我发表主旨演讲。我的讲演的重要内容，就是阐述长白山文化是代表吉林文化的标志性符号，长白山诗词是长白山文化的精粹，介绍长白山诗词流派的重要成果。

五是，凭借网络、手机等现代传媒手段，开展全国联动唱和。吉林省诗词学会与中华诗词论坛合办关东诗阵。有了这个平台，堪称如虎添翼。正是利用这一平台，从2005年开始，我发起了贺春唱和。每年从腊月廿三“小年”开始，到次年正月十五结束，开展同韵贺春唱和，成为当代中华诗词的一道靓丽风景。2011年春节，由沈鹏、周笃文、张福有、张岳琦四家发起辛卯开岁联唱，在内地及港澳台地区引起了热烈反响，上万名诗歌爱好者上网参与，以祈福祖国、讴歌时代和歌唱生活为主题的联唱，为新春佳节增添了浓郁的中国传统文化气息。仅半个月时间，高筑吟楼八百九十九楼，点击一万三千多人次，参与唱和的诗人遍布内地三十一个省、市、自治区、直辖市和香港、澳门特别行政区以及台湾地区。这是2005年春节以来贺春的高潮，内地三十一个省、市、区和港、澳、台地区三百多位诗人参与和诗，共得同韵和诗三百八十三首，陕西旅游出版社出版了《辛卯开岁联唱集》，《人民日报》2011年11月22日做了报道。2011年，张岳琦主席的“先”韵和我的“芳”韵唱和，仅半月时间，有近千人参加，加上步四家联韵，三韵共收和诗一千二百三十首，盛况空前，史无前例。周笃文先生盛赞曰：“真昭代祥瑞也！”“功德无量！”

2012年春节，更是高潮迭起。初一漏夜，书坛泰斗沈鹏先生以手机发给我七律的首联。我即转给周笃文先生得续颔联，返我后又接成颈联发给张岳琦先生，足成一律。我将其发至网上，并提示诗友云：为客岁四家联唱之继响也，不啻当今吟坛又一雅事。

从2005年乙酉到2016年丙申，地支满一轮，历经十二年，得内地三十一个省、市、区一千二百四十多位诗人响应，共得贺春和诗四千二百多首。2016年，我们悉遵蒋力华君雅意，以《长白山诗词》2016年增刊形式，编辑出版了《春韵满神州——十二年贺春唱和集》，收录一千二百四十余位作者两千六百多首诗。2017年和2018年，又收到一千余首同韵和诗。每年春节的贺春活动，都迅即传播到很多网站。贺春主题帖成为全国诗词界目前吟楼最高（超千层）、人气最旺（过万点）的热帖。广大网友评价，网上和诗迎春，堪称一个创举。这些活动的成功，发起者因势利导，组织者既是诗人，同时又能亲自上网。张岳琦同志和周笃文先生每天都亲自上网看稿，发现情况，随时沟通协调。在和诗过一百首、二百首、三百首、五百首之后，我们相继依原韵作诗感谢诗友。春节期间，我每天都在网上工作十六个小时左右，一千多楼的跟帖，除极个别者外，每帖必回，好的给以鼓励，致以谢意；遇有出律的和需要修改的，提出意见和建议，有的还要反复多次才能定稿并不断编帖。讨论中，充分发扬学术民主，尊重作者意见。同时面对近千名作者，我都通过论坛短信、电子邮箱和手机，及时掌握作者的姓名、地址、邮编、电话，建立通讯录，出书后，给作者寄书。

大量艰苦细致的工作，赢得了广大诗友的敬意和感佩。2011年春节，安徽诗人胡宁在回帖中写道："什么叫精气神？什么叫凝聚力？"张岳琦先生在给我的短信中写道："联句唱和，蔚为壮观。此乃今年诗坛特有的盛事！工作浩繁，完全是奉献。"周笃文先生称赞道："开岁诗联唱活动形成了一种新的网络文化现象，在互联网飞速发展并影响着人们生活的今天，还有这么一群诗歌爱好者拥有着健康向上浪漫诗意的过年方式，堪称诗坛铁军，真是奇迹！"并致信于我："爱兄之骆驼精神，诗坛殆罕其匹也！"周笃文先生欣慰地说："这次活动还是一次成功的探索，它激活传统，继雅开新；网络诗文，表现当代。"

每年网上贺春结束后，我都在蒋力华的支持下，选二三十首精品佳作转给《吉林日报》刊发，《长白山诗词》也选发百八十首，做到网刊互动。

2018年的贺春活动，共收到和诗四百五十多首。《长白山日报》以三个版的篇幅，刊发一百五十首。《协商新报》刊发五十首，《城市晚报》刊发三十六首，《长白山诗词》第3期刊发一百二十首。

六是，创立新词牌，精心创作继雅开新的标志性作品。马凯先生提出“求正容变”，周笃文先生提出“继雅开新”，深有见地。就此，我们做了一些探索。

（一）规范《纪辽东》词谱，三年多全国有二十八个省、市、区三百多位诗人创作《纪辽东》四千多首。隋炀帝，即杨广（569—618），首创《纪辽东》，堪称不朽。大业八年（612年），隋炀帝伐高句丽，渡辽水，大战于东岸，并作《纪辽东》。其中“轻歌凯捷丸都水”句，“丸都水”在《全汉三国晋南北朝诗》《隋书》和《奉天通志》中均作“九都水”，乃误。我在辑笺《长白山诗词选》时将其订正为“丸都水”。“丸都”，系高句丽都城国内城的守备城——丸都山城，在今吉林省集安市城西北二点五公里处。而九都，于历史、地理等方面均不确。“丸都水”，确指应为丸都山城下的通沟河。通沟，亦称豆谷、洞沟。1998年9月8日，时任中华诗词学会副会长兼秘书长周笃文先生指出，根据任半塘先生的论断，隋炀帝和王胄的《纪辽东》，当是词的源头。之后，周笃文先生还给我转来任半塘先生论及曲辞起源应始自隋代之大札，征引旁博，确凿不移。任半塘先生的论断是可信的。宋词源于唐曲子，唐曲子自燕乐出，实始于隋。这就将词起源于晚唐、中唐之说，又向前推进了。宋人郭茂倩明确指出：“《纪辽东》，隋炀帝所作也。”即录以冠“近代曲辞”。龙沐勋肯定《纪辽东》“为倚声制词之祖”，“为词体之所托始”，这应当是不争之定说。隋炀帝的《纪辽东》，传到敦煌莫高窟中，以《求因果》为名，有四十五首。之后，两宋、金、明、清历代，都不乏类似《纪辽东》的词作，只是调以《武陵春》《贺圣朝》《导引》《祝英台》《双头莲令》《隔溪梅引》《阮郎归》变格等别名。这些词牌及作品与《求因果》《纪辽东》在体式上的联系在于“七五为章”，上下两片，四十八个字；差异在于平仄、韵脚变化增多且不换韵。词之源头，是隋炀帝的《纪辽东》。《纪辽东》，开长白山诗词之先河。词的源头能与世界文化遗产吉林集安之丸都山城乃至长白山文化相连，实为中华诗词发展史上之佳趣，更是长白山文化、长白山诗词、集安文苑中不可多得之瑰宝。2009年秋，我借《江源毓秀》创作之机，依隋词体格，作七言五言，双调联章，边创作边作规范平仄与用韵。以七律格式为底本，对于五言句，减偶数句七言句前二字。共得四种格式，就首句末二字论，有平平脚、仄平脚、平仄脚、仄仄脚四种，兼有些许变化。平仄粘对同律，词性不用对仗。仄平脚句要防孤平，可用拗救。此外，一三五不论，二四六分明。平收，均用平韵。仄收，同韵部叶仄，也可不叶。拙文在《长白山诗词》2009年第6期和“中华诗词论坛·关东诗阵”发出之后，立即得到周笃文先生的鼎力支持，挤出宝贵时间惠赐《贺〈纪辽东〉词谱问世寄张福有并序》，誉之为：“《纪辽东》词谱得福有兄悉心整理，厘定四格并亲制六组二十四阕，以为发凡起例。此大功德也，堪称不负平生之名山事业。”《中华诗词》2010年第8期，刊登了拙文《规范词谱传承〈纪辽东〉》。2010年9月25日，我在全国第二十四届（浙江乐清）中华诗词暨夏承焘、吴鹭山学术研讨会上宣读了《规范词谱传承〈纪辽东〉》的论文，此后，又上来一些作品。至此，可以说我们传承《纪辽东》的初衷完全得以实现。2011年4月，吉林人民出版社出版的《纪辽东》专辑，收录《纪辽东》一千八百一十五首。当隋炀帝初征高句丽、创作《纪辽东》一千四百周年之际，《纪辽东》突破四千首。仅蒋力华一人，就创作《纪辽东》四百多首，出版《纪辽东》专辑《天风直引大荒边》。李容艳以刘建封与拙斋的六十首《白山纪咏》为题材，一气呵成专题纪咏《纪辽东》六十首。繁荣《纪辽东》，以慰先贤，期启后世，已成现实。

（二）张文学创《玉甸凉》词体。《纪辽东》是整理古词，规范词谱所得。纯属吉林诗人自创词谱，近年有《玉甸凉》《一剪梅引》《海龙吟》。2007年，吉林省诗词学会副会长张文学先生草创《玉甸凉》，当时自度一曲，因词中有“玉甸生凉”，长春女诗人吴菲建议以《玉甸凉》名之。温瑞等整理了《玉甸凉》词谱，遂得一百九十四首《玉甸凉》作品。后来得知《新修康熙词谱》中有《玉簟凉》，音同意别格异，乃一趣也。

（三）赵光泽自度词，我帮其修改并制《一剪梅引》词谱，得佳作二百八十多首。2010年7月23日，我们与通化市诗词学会和辉南县诗词学会共同组织了“当代诗人咏辉南”采风创作活动。辉南县诗词学会会长赵光泽等自度一曲《辉发怀古》，在括号中标明：“自度，无名，请养根斋斧正赐谱为盼。”初稿共十句，一百零四字。我当时正在图们市参加“图们江文化研讨会”，起早试改并制谱。这个谱十分好记，就是将《一剪梅》在七字句前加一相对的七言律句，并作为一片。再重复一片，即为全词。叠韵处，可以不用叠韵，而选用“红了樱桃，绿了芭蕉”式的对偶韵句。但韵脚过密会给创作增加难度。第一个四字句不押韵亦可，如“燕子回时，独上西楼”。通过网上讨论，温瑞整理了六式词谱，迅即掀起创作热潮，辉南采风期间，创作三百多首《一剪梅引》，《当代诗人咏辉南》一书中选编二百二十多首。2010年，在侯振和先生建议下，又收到《一剪梅引》近百首，《图们江放歌》一书中选编六十六首。这两部诗集所收三百首《一剪梅引》，多为精品。

（四）我创《海龙吟》词谱，出版专辑。2012年夏日，为商定梅河口采风暨中华诗词论坛成立十周年事，我三下梅河口。市政协及市诗词学会遵市委领导同志意见，高度重视，精心设计，诸多要项、细节，日渐清晰。王志明兄提示，江源采风，《纪辽东》兴；辉南与图们采风，《一剪梅引》新牌创立得获颇丰。梅河口采风，亦应有所标记。李延平录白万金考乾隆诗《海兰河屯有序》予拙斋，得知“海兰霍吞”即“海兰河屯”。此地多生榆树，故民间称为榆城。遂认同“海龙”当为“海兰”之异写。读罢取其题与序中“海”字、诗文中“龙”字，亦恰合梅河口市旧名海龙县，又近词牌《水龙吟》，故作《海龙吟》，双调小令，四十二字，四仄韵，上下片六言句，宜用对仗。结，五字句，宜去声一字领，上一下四。

主要句式，从《水龙吟》中析出，求其简便。有了词谱，我先抛砖，率作二十六首《海龙吟》。梅河口采风期间，共收到《海龙吟》一千五百多首，选编一千二百三十四首，在吉林人民出版社出版了《海龙吟》专辑。

长白山文化是古老的，长白山诗词的传承是全新的。我们比较注意防止对长白山文化、长白山诗词的误解与误导。针对“东陲无文”“长白山没有文化”之类的片面认识，多做一些说明和介绍。特别是利用我们在考古田野调查中的新发现，深化对东北史和长白山区开发史、长白山诗词发展史的研究。

2014年10月20日8时31分，我在抚松发现枫林遗址和长白山手斧。手斧是打制的，是旧石器概念。据吉林大学教授、中国考古学会旧石器专业委员会副主任陈全家先生鉴定，长白山手斧距今约五万年，石斧是磨制的，是新石器概念。手斧是人类第一次懂得对称美、掌握对称艺术制成的生产劳动工具。2015年7月7日下午4时29分，我在抚松漫江发现长白山石磬，后经专家鉴定，将其定名为“长白山石磬1号”，一磬双音，小三度，应是新石器时代的打击乐器。原始人的诗性思维，与长白山人的诗意创造，在一开始就浑然一体！因而，诗意长白，是长白山人伟大的历史创举和不朽杰作。长白山手斧与长白山石磬，本身就是绝妙的史前诗。

我们今天所用“长白山诗派”这个概念，有其特定的含义。长白山雄伟壮丽的自然景观，是诗词创作的不竭源泉；深厚的历史文化底蕴，是诗词创作的牢固根基；反映长白山文化建设的成果，是诗词创作的重要题材；保护长白山生态、发展长白山文化产业的需求，是诗词创作的持久动力。这些方面，是对长白山诗派的直观诠释和诗意表达。

近些年来，我们在长白县发现战国时赵国的积坛，连同此前曾在长白县八道沟发现赵国蔺相如的青铜戈，考证在集安阳岔发现的赵国阳安君李跻的青铜短剑，在集安的良民发现公元247年东川王所筑高句丽的第一个平壤城，考证辽源龙首山城一带是扶余的后期王城，燕秦汉长城到了吉林境内，《史记》中的“筑障塞”，《汉书》中的“起营塞”，通化平岗山祭坛和敦化官地岗子遗址、岗子类型的全新发现，为寻找燕赵文化东进、汉代郡县和史书中的挹娄、靺鞨白山部及渤海国东牟山，开拓了全新的视野。考古田野调查为长白山文化研究和长白山诗词创作，提出了很多新课题。围绕这些新发现，诗人写了很多诗词，经常在《长白山诗词》上发专栏，在“关东诗阵文库”中建专题。通过诗词创作，积累以诗证史的资料，进而认清这些新发现和新研究成果的重大历史文化价值，这对于正确揭示长白山地区的开发史、提升东北文化软实力，具有重要意义。

所谓长白山诗词，是指描写长白山景物与风土人情的旧体诗词。古今中外，有关长白山的诗词是大量的。长白山诗派的成果，是诗意长白的创作载体和诗化结晶。

长白山诗词流派是历史形成的。从唐宋到辽金，从元明到清，特别是有清一代，长白山诗词十分丰富。纳兰性德，祖籍四平叶赫，其词被称为“北宋以来，一人而已”。著有《东海渔歌》的清代女词家顾春，祖籍汪清，其祖父鄂昌是雍正朝权臣大学士鄂尔太之侄，词名远播。二人被誉“男有成容若，女有太清春”，这二人堪称长白山诗词流派的重要代表。《白山诗介》是乾隆、嘉庆年间由铁保编纂的诗集，共十卷。清代，八旗文人把诗词作品辑成总集，均在题目上冠以“白山”二字。除《白山诗介》外，还有三部：雍正年间由伊福纳编纂的《白山诗钞》，四十余卷；乾隆初由卓其图编纂的《白山诗存》（卷数未清）；光绪、宣统之际，由杨钟羲编纂的《白山词介》五卷。这些汇辑满族诗人的诗词集，均用“白山”来冠名，已经被称为“白山文学流派”。还有《白山诗草》，程渲著。还有《长白山诗》，作者均为满洲已故之人。铁保编著《熙朝雅颂集》的前半部，全是白山诗选。《大东景运集》亦为铁保所辑，收近二百家满族诗人作品，分立小传，标明诗之源流。还有流放宁古塔的清代流人诗，多有佳作、力作。惜目前所见对于清诗流派的研究专著，无涉长白诗派。对于当代长白山诗词，有的研究专著也未置一词，不免遗憾。

长白山诗派，是从历史上白山文学流派中析出之一支。长白山诗词作品的风格，向以“拙、重、大”为标志。王寂在金朝鼎盛时期，以诗词考得进士，以文章政事显称于世。其诗诸如“按辔澄清须我辈，据鞍矍铄奈吾身”，不掩舍我其谁之志；“只凭忠信行蛮貊，岂有文章动鬼神”，毫无委曲求全之音。其诗文清刻镵露，博大疏放，是金代“国朝文派”的代表性人物，其特征是具有“质朴贞刚”的文化气质。此论堪称定评。这一“质朴贞刚”的文化气质，到有清一代，大家林立。吴兆骞的“长白雄东北，嵯峨俯塞州”，“白雪横千嶂，青天泻二流”，沈承瑞的“龙形蟠大野，云气撼沧溟”，“混同天一色，长白雪千堆”，“吉林三杰”翘楚成多禄的“断垒十重摇树色，大江三面走秋声。老来别有兴亡感，不向西风诉不平”均堪称代表作。这类作品，铿锵有力，远胜咿呀软语。今人张文学的“纵使八千岁，也入大荒东”“乔岳巍巍何太白，披甲傲苍穹”“湛湛天池清虚砚，愿将吾、砚尽俱成墨。大写意，忘情泼”，毫无酸腐气，脍炙人口。他的《水调歌头》《金缕曲》，皆以豪放著称，首首俱佳，几乎成品牌。古往今来的一大批诗人、一大批作品，均可列出一大批佳作。加之状写长白山土产、风情、史典、田园的诗、词、曲，乾隆以降，代不乏人，迄今可举黄龙府刘庆霖、东辽温瑞、边台聂德祥以及丸都、梅津、柳河、大东、公主岭乃至辽海、黑水等诸家例证。

不难看出，从金代的“国朝文派”到清代的“白山学派”，逻至今之长白山诗派，一脉相承。长白山诗派，是从历史上的“国朝文派”“白山学派”延续而来的，还将继续发展，不断壮大、完善。

对于长白山诗派，近年来陆续有一些研究论文发表：

蒋力华：《研究长白山文化　弘扬长白山精神》，《社会科学战线》1994年第6期。

张福有：《诗吟长白二千年》，《学问》2001年第1期。

张福有：《长白山诗词探源》，《学问》2001年第6期。

张福有：《试论长白山诗词及其流派》，《学问·东北史地》2004年第11期。

张福有：《长白山文化述要》，《长白学刊》2007年第5期。

赵丽萍：《解读长白山文化的恢宏卷帙——关于〈百年苦旅〉话题》，2012年5月10日《吉林日报》；《韵补东荒》，吉林文史出版社，2018年3月出版。

李容艳：《长白山诗词流派的重要使命》，2012年8月16日《吉林日报》。

王景珍：《日益壮大的长白山诗词流派》，2012年9月13日《吉林日报》。

张英玉：《试谈〈纪辽东〉对长白山诗歌流派的传承意义》，2012年11月1日，《吉林省第七次长白山文化研讨会论文集》。

贾维姝：《从长白山诗词流派看长白山文化的包容性》，2012年11月1日，《吉林省第七次长白山文化研讨会论文集》。

赵凌坤：《长白山诗词流派对长白山文化的历史贡献》，2012年11月1日，《吉林省第七次长白山文化研讨会论文集》。

王丽珠：《长白山文化的核心价值》，2012年11月8日《吉林日报》。

沈鹏云：《长白山诗词：长白山文化的精粹》，2012年12月13日《吉林日报》。

张福有：《长白山诗词流派建设刍议》，《中华诗词》2014年第7期。

黄春华：《长白山诗词述论》，《社会科学战线》2015年第6期；《韵补东荒》，吉林文史出版社，2018年3月出版。

这套“长白山诗派丛书”，先由吉林省长白山文化研究会申请了“吉林省扶持优秀文艺作品专项资金”。这是贯彻落实《长白山文化建设规划纲要》和中共吉林省委长白山文化建设工作会议精神的一项实际措施。编辑出版“长白山诗派丛书”，旨在落实习近平新时代中国特色社会主义思想，加强长白山诗词流派建设，传承长白山文化，以诗词的形式弘扬长白山精神，巩固改革开放和文化建设的成果，增强文化自信，增强长白山文化与长白山诗词的生命力、影响力和感染力，以诗纪事，以诗化人，以诗证史，增加学术储备，提升国家和东北边疆软实力。

“长白山诗派丛书”的基本选题，主要围绕：史迹寻踪，关于写东北历史文化、历史事件、文物古迹、已故人物、英烈事迹等作品；情系山河，关于写东北山水、自然风光、冰雪雾凇等作品，酌收向海鹤、东北虎等自然物产作品；城乡焕彩，关于写东北城市建设、工商事业、新兴产业、农村建设、田园风光等作品；风土弥淳，关于东北风土民情、风俗习惯、民间文化等作品。包括松花石、梅花鹿等咏物作品，酌收日常生活、咏物作品；吟旅扬旌，关于长白山文化建设、关东诗阵、诗事活动、诗乡创建、诗友酬唱等作品。

“长白山诗派丛书”的体量，每本收录作品五百至一千五百首不等，视不同作者情况，可上下浮动。数量服从内容的质量。

在编排上，予以灵活处理，由作者自定。可以分类、分词牌等，也可以按时间顺序，亦可分类后仍以时间为序。丛书有总序、总跋，亦可有个序、后记。

在数量上和入选人员上，开始考虑按长白山天池、松花江、鸭绿江、图们江及牡丹江、浑江、东辽河、嫩江等为脉络，列出各水系的三百位诗人。每人一卷，计三百卷。这样做，诗派如流，形象直观。但因进度不一，难以操作。后来，协助时代文艺出版社向中共吉林省委宣传部申报了文化产业专项基金，2018年先出三十卷，以后视情况续出，争取出版一百卷。

编辑、出版“长白山诗派丛书”，前无古人，纯属开创先河。2018年3月15日，我们在吉林省政协同馨宾馆召开了在长会长（扩大）会议，决定正式启动“长白山诗派丛书”编辑工作，成立了编委会，仅在二十天中，就交齐第一批书稿。全部书稿，在6月底前交完，2019年出书。

2017年1月6日，习近平总书记在十八届中央纪委第七次全会上的重要讲话中指出，“依靠文化自信坚定理想信念”，“以文化自信支撑政治定力”。文化自信是文化定力和支撑力的基础。人生和社会，都不能以搞笑为支撑。宋人张耒写过：“支撑诽笑中，久乃化而靡。”至今读来，仍发人深省。文化支撑力是生命的灵魂。我国优秀的传统文化，培育和造就了历代知识分子自强不息的支撑力精神。唐诗中有牛僧孺的“地祇愁垫压，鳌足困支撑”诗句，宋词中有姚勉的“信天生英杰，正为国计；擎天著柱，要自支撑”的词句，元曲中有汪元亨的“梅出脱林逋，菊支撑陶令，鱼成就严陵”的曲句。这种支撑力精神，给我们以极大的鞭策。拙句中有“奥壤不咸名大东，支撑引领构时空”等。蒋力华君亦有“白发山中飘雪，崎岖健足支撑”的词句。时代虽不同，但这种崇尚自重自强、自力自撑的人文精神，是一脉相承的。诗意长白、诗梦长白、诗魂长白的支撑力精神，是一以贯之的。这是真正的洪荒之力！

长白山诗派所面对的，是长白山诗词的昨天、今天和明天。长白山诗派的昨天，应是刘建封所咏：“走过大荒三百里，居然此处有桃源。”长白山诗派的今天，许是拙斋所咏：“浪花不废难淘尽，始信东陲有奥文。”长白山诗派的明天，或是沈兆禔所咏：“莫谓鸡林少竹枝，才人塞上补新词。”

墨西哥人马里奥·谢赫楠有名言：“我们终于有机会面对神秘的过去，仿佛是进入梦一样的境界，一片需要我们去发掘、诠释、赞美和加以保护的活化石。”阿根廷女诗人阿方斯娜·斯托尔妮有名言：“我感到，陌生人，在你的存在里，我被延长。”叙利亚诗人阿多尼斯有名言：

“没有诗的未来是不值得期待的。”从这些来自域外的警言中，我们可获启迪。

今年是公元2018年。从今回溯两千年，是公元18年。《长白山诗词选》中第一位有确切作者名字的诗人是高句丽第二代王琉璃明王类利。他于公元18年辞世，至今正好两千年。类利所作《黄鸟歌》：“翩翩黄鸟，雌雄相依。念我之独，谁其与归。”完全是《诗经》风格的四言诗。这首诗，写于公元前17年，距今已二千零三十五年了。《黄鸟歌》能传下来，堪称奇迹！公元245年，亲征高句丽第十一代王东川王的三国魏将毌丘俭，班师后只写了两句诗《之辽东》：“忧责重山岳，谁能为我檐？”这里的“檐”，是“擔”即“担”。距今一千七百七十三年。收录本丛书的拙卷，约一千五百首诗词中，有四十六首含“忧责”一词，出现频率极高，不少诗友也都随我用过“忧责”一词。概因“忧责”一词被毌丘俭用过后，《后汉书》《晋书》等不时出现，这个古老的词汇并未消亡，表示“沉重的担子和责任”的“忧责”，已经成为长白山诗派中的一个标志性词汇，有其特殊意义。一千四百零六年前，隋炀帝作《纪辽东》，写道：“轻歌凯捷丸都水，归宴洛阳宫。”一千三百七十三年前，唐太宗李世民作《辽城望月》，写道：“驻跸俯丸都，停观妖氛灭。”丸都，是我的故乡。读着写故乡的古典诗词，怎能不动情？从今回溯一千二百五十六年前的公元762年，是诗仙李白辞世之年。李白的《高句丽》《送王孝廉觐省》，成为长白山诗词中的瑰宝。苏东坡的“人参”，陆游的“鸭绿江”，张元幹的“山拥鸡林，江澄鸭绿”，距今均在八九百年之间。从今回溯一千年，是公元1018年。当年，柳永三十八岁。他在《点绛唇·伤感》中写道：“辽鹤归来，故乡多少伤心地。”“辽鹤”，是长白山诗词中的著名典故。至今读来，倍感亲切。故乡情结，古今一也。陆游在诗中所写：“生计且支撑，小康何敢望？”如今，在习近平新时代中国特色社会主义思想指引下，全国全面决胜小康，胜利在即，我们怎能不心潮澎湃！

两千年啊，多么漫长！

两千年啊，又是多么短暂！

在类利、毌丘俭、隋炀帝、唐太宗、李白、柳永、苏东坡、陆游、张元幹、王寂、赵秉文、朱元璋、康熙、乾隆、吴兆骞、吴大澂等诸多先贤的眼里，我辈皆属陌生人。可是，对他们和他们的杰作，我们却并不陌生。所以，今天的诗词，有很多是留给我们的陌生人的。“一百卷前无处找，二千年后有人搜。”“忧责不期当世解，祸患为免后人罹。”对此，我坚信不疑。

文化自信，是一个国家和民族的“魂”与“根”。学诗、写诗，有助于把魂定稳、把根留住。昨天是神秘的。今天是需要很好把握的。明天是值得期待的。愿我们在不懈努力的拼搏奋斗中，使我们所创作的诗词如同长白山的山水林田、沙石草木一样，一起留给未来、留给陌生人。让我们共同期待吧！

“长白山诗派丛书”总序赘语

鸡林得韵纪春秋，底事山翁退不休。
一百卷前无处找，二千年后有人搜。
钻研词谱承杨广，细辨江声禀陆游。
诗境涵生长白梦，草根也为子孙留。

張福有

2018 年 5 月 17 日于长春养根斋

序言一：

奉献无休止 寻诗寄壮猷

见过张玉璞的人，都说他有一种不倦的工作张力、为诗词事业奔走呼吁的高度热情，还有沉浸于诗词写作和研究的孜孜不倦的精神。我与张玉璞相识是在参加全国诗词活动中，并结下了真挚的情谊。特别是2014年8月在纳兰性德的祖地四平叶赫满族镇召开的“寻梦纳兰性德祖地，走进诗情画意四平”的全国诗词研讨会上，使我们的友谊更得到了加深。

前些日子玉璞来信，把他准备出版的诗稿《张玉璞诗词选》交给我看，请我为之作序。我于是头一次比较系统地读了张玉璞的诗词作品。阅览之余，感到他的诗体势开张、顺风顺水，不独朗朗上口，而且辞藻宏富、属对典雅。

首先，张玉璞的诗词合于法度，起承转合自然有致，赋比兴手法娴熟，对仗严整精当，含蓄蕴藉耐读，健朗幽微兼备。如他填的一首追怀纳兰性德的《临江仙》词，可以窥见其诗词技巧之运用：

清史回眸寻雅士，惆怅泪眼胡笳。婉妍清丽寄丹霞。功夫惊海内，词赋冠中华。　　哀感缠绵心闷苦，山川鱼鸟荷花。情深意笃绽奇葩。才高扬禹甸，足迹遍天涯。

词中“泪眼胡笳”“山川鱼鸟荷花”精到地陈述了纳兰性德的人生环境、文学土壤和诗词格调。余如词意清新，造句流畅、品评恰当又有时代新意，皆显示其笔法的纯熟老到。

再就是他的诗词有唯美的意境和真挚的感情色彩，在一定程度上具备了个性特征。如《咏春》一首：

雪化冰消势转阳，诚携诗笔钓春光。
呢喃归燕鸣新曲，催绿田畴焕靓装。
反腐清风驱弊害，改革时雨润华章。
中枢新政擂征鼓，引领城乡奔小康。

诗中用呢喃的燕子、碧绿的田畴，铺陈出中华盛世的美妙，正面讴歌了中央以及反腐促改革，以新政促发展，共同实现中国梦的坚定意志和决心。

四平市诗词学会在张玉璞带领下，每年春节在《辽畔吟旌》网上论坛开展“咏春诗笺”主题创作活动，这是很有意义的。其他四平诗友的咏春诗我也看过，均异彩纷呈，这里就不一一列举了。

还有，就是张玉璞的诗词作品有警句、有诗眼，多见雄奇不凡之语和画龙点睛之笔。如描绘吉春药业所处地理环境的诗句“青山有鹿膘肥壮，伴流云、画满山乡”；描写四平二龙湖的绝句“两岸青山相对峙，双龙腾跃欲吞珠”；描写上海世博会的律句“缩影环球凝壮彩，珍藏禹甸绘斑斓”；歌颂白衣天使时代楷模的词句“扎根僻壤心无悔，换取神州万户春”；礼赞基层法官的诗句“三尺法台关社稷，一腔热血为黎民”等等，皆达到了胸有沟壑、句有不凡，使人惊叹、振奋的独特效果。

诗词是深邃、高雅的艺术，中华诗词是国粹的传承，是盛开在文明时代的艺术之花。老年人吟咏它，中年人为它陶醉，青少年在课堂内外传习它。各地诗词学会不遗余力地开展中华诗词的普及与提高工作，开创了社会大众写作、欣赏的新格局。四平市诗词学会在这方面做的工作、开展的活动都是有目共睹的，会长张玉璞更是为此夙夜精勤，付出了很多心血。在他的诗词结集出版之际，让我们共同为他点赞，并表示诚挚的祝贺。

星汉

2018年5月于新疆

作者系中华诗词学会原副会长，现为中华诗词学会顾问、新疆诗词学会常务副会长。

序言二：

我们眼中的诗人父亲

21世纪还是读诗写诗的时代吗？至少，有那么一些人还在坚守！

父亲在我们的记忆中一直就是个诗迷，不仅他自己如此，他的热情也感染着家里的每位成员。年少的我们对很多古诗词并不知晓其深意，只觉朗朗上口易于背诵，抑扬顿挫的声调读出来似乎也是种美妙的旋律。记忆深处小学时每天送我们上学的路上，父亲都会反复教我们背诵几首古诗，几年来从未间断，这样耳濡目染下，等到临近毕业时，我们能背诵的古诗词数量已超过一百多首，远远多于同学们，这令我们在很长一段时间都小有成就感，想来都是父亲的功劳。等到年长些，开始自己研习中国历史和古典文学，才发现中华五千年悠久文化，产生了许多的文字与文体，其中最有特色的，高度凝炼的，被誉为国粹的便是传统诗词。一首诗、一首词就是一篇文章，甚至一段历史，古诗词散发出一种让人难以抗拒的魅力。

从前，父亲在领导岗位，由于公务繁忙，鲜有时间创作诗歌，但工作之余，他总会挤出时间用诗歌来记录生活的点滴，抒发内心的情感。那时父亲钟爱七言律诗，这种近体诗结构严谨，声律、对仗十分讲究，在我们看来完成一首质量上乘的格律诗并非易事，但父亲却一直乐在其中，时常为了能将一个词一个字用到完美反复钻研和修改，力求不给作品留下遗憾，这样严谨、孜孜不倦的精神深深触动了我们。现如今淡出工作岗位的他，有了大量的空闲时间和创作时间，他备感珍惜，每每去游历祖国大好山河，都忍不住歌颂一番，并用这种独特的方式为祖国六十华诞献出贺礼、为神舟九号载人飞船成功发射送出祝福、歌颂了中国最美山村女教师，赞美了贵州黄果树的鬼斧神工。现任四平市诗词学会会长的父亲还带头推进了纳兰性德文化建设工作，由于四平市为纳兰性德祖籍地，作为四平人更有责任和义务去宣传和研究好纳兰性德诗词。父亲以弘扬传统诗词文化、创建中华诗词之市为己任，在市委、市政府的正确领导和大力支持下，于2014年以来先后开展了“纳兰性德诗词大讲堂”；“纳兰性德诞辰三百六十周年端午诗会”；中华诗词学会“寻梦纳兰性德祖地、走进诗情画意四平”全国诗词研讨会；纪念纳兰性德诞辰三百六十周年全国诗词大奖赛等重要活动，加大了对纳兰性德的深入研究，取得了丰硕成果，可以说很好地传承了纳兰性德留给我们的文化遗产。

我们发现，有那么一些人，在利欲熏心的浮世中，仍旧义无反顾地做着自己喜欢做的事，他们的精神，在当下，执着而顽强。父亲便是这样的人！喜欢一句话——树不可长得太快。一年生的当柴，三年五年生的当桌椅，十年百年的才有可能成栋梁。故要养神积厚，等待时间。父亲一生对诗词的执着与热爱，才成就了如今这本《张玉璞诗词选》，是厚积薄发，更是真情流露。妙造得于自然，匠心时有天成。诗如人生，仅将此诗集推荐给仍葆有情怀的读者们！

张旭 张颂

2018年5月20日

此文作者为张玉璞在北京工作的两个女儿。

目　录

卷二 绝句

卷三 词、曲

卷一　律诗

秋游蛟河红叶谷

金秋松水畔，红叶梦魂牵。
片片情如火，株株意满川。
寄怀葱岭外，陶醉绮霞前。
携友观琼景，文思至岫巅。

学会绿萝花开

室雅琼枝茂，青萝又绽花。
藤黄缠臂柱，叶秀碧窗纱。
妍骨含苞翠，丰肌艳色嘉。
一开香四溢，诗境也升华。

【题解】

翟志国兄一行来四平送书，恰逢学会绿萝开花，翟兄雅兴赋诗一首，颇受启发和感动。事后再仔细欣赏室花，也写一首赏花五律。

附，翟志国兄原玉《学会绿萝花开》：

玉貌些微露，修长已可人。
月光衔俏影，娇蕊泻新春。
应叹花时短，当怜福地淳。
最教沉醉处，低调不沾尘。

八诗友新入中华诗词学会会员有贺

京华行大雅，芳草百花春。
韵阵增骁将，文坛聚友宾。
同声歌盛世，提笔写黎民。
塞北山川丽，吟旌一面新。

【题解】

2014年1月29日，经中华诗词学会批准，四平市诗词学会的封玉华、黄雅芹、骆剑秋、高亚明、高玉才、韩冰、王淑平、李俊荣八名诗友光荣成为中华诗词学会会员。至此我市中华诗词学会会员已超百名（含各县、市、区），占全省中华诗词学会会员总数的三分之一左右，在吉林省九个市（州）中位居前列，组织建设工作得到了中华诗词学会有关领导好评，故有感而发。

港城营口抒怀

海畔嵌明珠，金湾蕴镁都。
古州存旧迹，商埠绘新图。
百业名华夏，千情聚众儒。
拓航兴大业，现代港城殊。

营口诗会有感

百川争入海，营口汇河来。
诗友千程聚，吟花万朵开。

辽南商埠地，塞北古戎台。
泼墨山川丽，挥毫赋满怀。

雨中敦化行

初春细雨纷，千里访贤君[①]。
桑梓称魁首，边陲领雁群。
牡丹江畔柳，正觉寺名闻。
古邑呈新貌，耕耘业绩欣。

【注释】

①贤君：敦化老姐系四平市辽河垦区人，现在是敦化知名企业家。

游清河水库

清河山色丽，波碧鲤鱼肥。
游艇翻微浪，琼枝映日辉。
峰峦呈绣貌，古镇颂歌飞。
禹甸存佳景，平湖峻岭巍。

贺二女儿通过吉林大学二学位考试

风雨兼程路，三年历苦辛。
今时收硕果，明日喜迎春。

学富才堪大，志高心更纯。
鲲鹏应展翅，大道起曦晨。

为诗乡岭城周年庆典而赋

云淡天高远，金秋麦浪翻。
诗乡兴雅赋，古镇绘新颜。
工贸业彰显，农经路拓宽。
今时同庆祝，韵友共登攀。

父亲病逝三周年有祭

寒冬数九天，悼父祭周年。
雪厚遮茔地，泪频迷谷川。
音容魂梦绕，墨宝客厅悬。
德懿传千载，润心如碧泉。

痛悼赵玖洲学友

悲送良朋去，英城奏挽歌。
同窗情意重，挚友趣闻多。
名校育桃李，社团涌碧波。
英年仙逝早，后者莫蹉跎。

【题解】

我中学时代的挚友赵玖洲，系吉林师范大学英语系副教授，四平市“民革”成员。

新年寄语

万象佳节美，天时人事催。
攻坚风雨路，求富欲高飞。
瑞雪丰年兆，腊梅冬日瑰。
英城凝紫气，禹甸映光辉。

步金才子王寂韵咏霍家店

五谷芬芳月，韩州意不同。
吟坛存雅士，词赋有文虫。
塞北明珠地，松辽致富风。
霍家生巨变，胜景慰贤翁。

会故友延吉席上见赠

路远蹵丘真，驱车访友亲。
浮云游宦意，翠树老臣身。
故里鸿鹄志，边陲胜日春。

时光东逝水，唯喜谊清纯。

【题解】

2009年8月13日，利用假期我和同事驱车前往延吉看望老朋友张文天同志。文天同志现任延边州食品药品监督管理局副局长。席上有赠。

送久常赴辽源

闻君宦海荣，连日寐难成。
处事口碑好，为人品德行。
英城留业绩，梨树有才名。
留恋今朝去，携朋踏锦程。

致巴蜀学友

故里初春雨，蓉城倍念君。
同窗思旧日，佳友恋耕耘。
失得人凭命，沉浮路靠勤。
桑榆犹未晚，笃志可拿云。

抒　　怀

得便会同人，抽闲陪至亲。
花争千日好，笔趁一时新。

胜景休虚度，诗心莫染尘。
浮生当自惜，何必总伤神。

春　风

一缕欣然至，驱驰宇宙间。
祛寒苏四野，渡暖绿千山。
跨海船惊浪，穿林树隐鹇。
宣情犹未足，拈取落花还。

春　咏

无悔做闲人，游身不负春。
才高情自雅，心静笔常新。
句咏杯中趣，诗承叶上津。
乐于晴好日，趁步会嘉宾。

咏　怀

不与群芳竞，惟同师友亲。
倾情诗挽秀，寄兴笔留新。
乐对花前酒，羞沾俗世尘。
浮生求淡漠，岂屑媚朝臣？

闲居

秉笔驱尘垢，清心卧美轩。
晨光环桂树，碧水绕梅园。
山秀三春柳，堂开五彩门。
一经灵感至，挥洒数千言。

登山

明媚春光里，欣然向远山。
身攀千尺壁，人趁一时闲。
志在登高处，情生跨越间。
惟因多感悟，陶醉不思还。

闲行随感

碧野迷荒径，浮云一望空。
世情难顺意，民愿怎求同？
人赖勤中富，诗缘笔下工。
好心多福报，有志不忧穷。

行吟随感

斋中求畅意，笔下盼玲珑。
倚户欣求雨，推窗喜借风。
举杯思友伴，酌句倩谁同。
不向勤中得，吟来怎望工？

登　高

举步登高处，遥遥望远村。
长街湮旧径，丽舍构新屯。
天地能容物，苍生赖以存。
山川怜善念，处处可逢源。

和　诗

和风摇翠柳，细雨浥轻尘。
笔赋桃花韵，诗酬可意人。
有心皆得趣，无处不为春。
旷野连天碧，山川满目新。

晨　咏

楼群迎晓日，街市竞繁华。
绿染坪间草，红争天际霞。
有枝皆溢翠，无处不飞花。
最喜环城水，流情惠万家。

五　月

祥和五月天，满目透光鲜。
柳溢三分翠，花争数日妍。
摇枝风暖暖，润物雨绵绵。
心醉梨园美，痴痴似忘年。

游　园

甬路通幽境，缘阶入假山。
回廊承古韵，亭榭镀新颜。
柳曳丝千缕，堤环水一湾。
游人遥指处，鸭戏碧波间。

园林闲趣

树影弥沙径，青松秀假山。
香萦花簇簇，翠染柳环环。
赏景溪亭内，留情碧水间。
喧嚣难入耳，乐得一身闲。

晚春留咏

花期犹未尽，随处竞妖娆。
一水穿城秀，千姿绕树娇。
河边流客浪，集市涌商潮。
人欲留春驻，攀枝问小桃。

春　光

慕煞春光好，山川处处新。
情浓泉溅玉，思盛笔流津。
紫陌风牵梦，芳丛花醉人。
欣同骚客咏，煮酒会嘉宾。

诗坛一览

酬情羞作假，笔下务求真。
酌酒当偕友，评诗莫论亲。
佳篇堪助兴，好句可怡神。
君看前来者，皆多解意人。

环城一水

闲行求畅意，得趣在溪流。
夹岸丝丝柳，沿河矗矗楼。
桥衔南北路，波送往来舟。
莫问垂钓客，终因底事留。

河边漫步

玉栏环秀水，垂柳护长渠。
浪底沉云影，波光映太虚。
闲行频得趣，畅咏胜蜗庐。
堪笑垂纶者，其心只在鱼。

清　晨

独坐溪亭内，喧嚣不与闻。
鸭寻波底趣，鱼戏水中云。
迎面晨风爽，当头晓日昕。
蛙声如解意，乘兴入诗文。

五　月

时当红五月，风雨助祥和。
独处听闻少，群游得趣多。
山川宜鉴赏，胜景供吟哦。
盛世开新宇，何妨惬意歌？

闲吟八首

一

铺章求寄兴，提笔对空吟。
易得相思句，难酬明月心。
天边星隐隐，窗下意沉沉。
纵有长门赋，谁谙司马琴？

二

好句时时咏，笙歌日日闻。
清心尝借笔，寄意不求云。
得便欣偕友，闲来乐属文。
庭花传馥郁，更助趣三分。

三

和风梳岸柳，雾霭绕峰峦。
倚树观鱼戏，临波垂钓竿。
行惟求雅兴，意岂在杯盘？
昼挽千般趣，归来付笔端。

四

风动庭前柳，香萦台上花。
金杯盛好酒，沸水泡新茶。
伏案书佳句，临轩赏物华。
欲邀星入幕，未肯罩窗纱。

五

深院休闲好，无须竟日忙。
桌前充酒客，花下做诗狂。
钓趣诚微事，驰名岂渺茫？
诗心多快慰，此处是吾乡。

六

闲行思遣兴，胜景撞心扉。

意动思陶隐，风牵忆采薇。
吟诗期溢彩，酌句盼遗晖。
不患无灵感，传名且待机。

七

居室吟诗赋，人来且问安。
风轻堪助兴，友好不拈酸。
钓趣倾杯底，怡情入笔端。
冰心惟慕古，岂屑媚朝官？

八

倾情酬盛夏，执笔绘金秋。
雨注能遗趣，歌飞可去愁。
邀朋温好酒，酌句会名流。
身系逍遥客，何羞早白头？

偶感四首

一

消愁何必酒？解闷无须茶。
遣兴频驱笔，传情且问花。
倾心歌乐事，偕友话桑麻。
漫道天涯远，诗坛便是家。

二

和风摇翠柳，绿草绕边城。
波涌传心曲，云飞寄往情。
钓竿生雅趣，拙笔著诗名。
有志何须问，甘于淡泊生！

三

红尘多困扰，取静且幽居。
风好牵游兴，诗成状太虚。
钓竿七尺线，橱柜五车书。
冷眼观尘世，消闲只问鱼！

四

深水宜龙隐，寒天易结冰。
波平堪过渡，火大利熏蒸。
煮酒酬佳客，寻缘问老僧。
诗心容海宇，不望诩全能。

杏花诗会偶成

鹤乡诗友会，邂逅故乡人。
雅趣牵谊久，吟情入梦频。
杏林生瀚海，大漠寄狼魂。
遥祝佳朋好，通榆盛日春。

【题解】

2010年4月，参加杏花诗会采风时，观赏了通榆县境内包拉温都（蒙语：紫色的山冈）万亩野生杏花林。途中在瞻榆镇观赏了五百三十八龄老榆树。故乡人，指诗友王述评。

附，王述评和诗《庚寅夏初白城杏花诗会邂逅故乡张玉璞蒙返程途中短信赐作感而步韵述之》：

幸有天心悯，他乡羁旅人。
诗情萦绕久，吟友往来频。
访杏沿芳迹，瞻榆抚老魂。
流离没落拓，报与故园春。

别　友　人

闻朋担重任，连日寐难成。
下笔惊邻座，开谈冠众英。
西区尊大雅，岭邑①有才名。
已巳眸君晚，南行结挚情。

【题解】

1992年4月，我的好朋友李祥成同志由四平市铁西区区长调任中共四平市委组织部常务副部长有感而发。

【注释】

①岭邑：即公主岭市。

次韵福有会长《祝贺通化县成为省级中华诗词之乡》

白云遮峻岭，紫雾枕龙湾。
雅韵佟江水，鸿篇大茂山。
挥遒诗铸业，创建匾宣颁。
北国成流派，欢歌奏凯还。

夏游松花湖

浩茫湖面微波涌，披翠群山百卉生。
游艇穿梭歌管盛，长堤横卧靓车行。
黄花有意迎佳客，丽鸟含情放悦声。
丰满风光堪壮美，关东奇景史增荣。

咏伊通七星山

落地星群百代光，奇峰耸立湛风霜。
钟灵毓秀层林密，天宝物华枝叶香。
伊水滔滔流雅韵，孤山郁郁写琼章。
关东名邑妖娆景，大纛横空映世昌。

咏　春

雪化冰消势转阳，诚携诗笔钓春光。
呢喃莺燕鸣佳曲，烂漫田畴焕靓装。
反腐清风驱弊制，创新时雨沐华章。
中枢优政擂征鼓，引领城乡奔小康。

游镜泊湖

潋滟湖光醉客情，入眸绿岛荡心旌。
一泓碧水呈琼镜，四面青山展翠屏。
鸥鸟高低腾浪缈，画舟来去驾云轻。
奇姿仙态殊寰宇，映照神州气象明。

吊水楼瀑布

长空白练挂峰巅，直下飞流起碧川。
声似千军擂战鼓，势如万马踏清泉。
彩虹映雪深潭绕，峭壁穿云薄雾悬。
禹甸江河多壮美，浩茫银汉落瑶天。

通化云霞洞

峦峰千载靓奇葩，溶洞连天布彩霞。
钟乳神奇穹顶亮，冰凌剔透壁前嘉。
观音妙应出威力，宇宙宏施降世华。
坡险路艰无所惧，火山遗址绽诗花。

参加省诗词学会通化会有感

驱车一路梦魂牵，仓盈秋盈喜气阗。
赋友填词歌盛会，吟朋泼墨颂丰年。
切磋文韵增新艺，领取菁华集雅篇。
犹感笃诚东道主，诗忱永驻百花妍。

盘锦湿地采风

兴至辽河三角洲，无垠泽地喜眸收。
风吹绿苇胜修竹，雨打红滩滚绣球。
丹鹤翱翔争戏水，黑鸥起落比娇柔。
廊桥九曲迷人醉，旖旎景观华夏讴。

春游敦化雁鸣湖

心驰神往雁鸣湖，塞外江南丽景殊。
湿地能观黄鸭跃，草丛可把鲩鱼孵。
峰峦高耸山雄伟，翠柳低垂水画图。
大美关东存俊秀，壮哉古邑渤海都。

次韵岳琦先生《八十随想》

涵养贤明靠自修，口碑争颂是为由。
家山齐鲁仁常在，南粤朱轮绩永流[①]。
名利看轻多善意，吟旌高举少忧愁。
良才八秩无虚度，进取知新最乐求。

【注释】

①朱轮：源自欧阳修《再至汝阴》。红色车轮，这里解作做官理事。

附，张岳琦先生《八十随想》：

无龄感是最高修，增岁焉宜作庆由。
不必劳心写回忆，何妨舍手付东流。
宽容为念多能谅，佳梦萦怀少引愁。
莫道光阴尽虚度，历经崛起遇难求。

次韵李文朝将军《祝贺恭王府博物馆全面开放十周年》

庭榭曲廊清史藏，镂金错彩典书香。
夕阳几度寻彤色，名府依然开海棠。
总理临终留遗愿，人民有幸赏春光。
传承薪火扬麾帜，韵友欢欣在雅堂。

附，李文朝将军《祝贺恭王府博物馆全面开放十周年》：

绿瓦红墙秘史藏，府门开放意深长。
名园华宇添神采，古树新枝绽海棠。
权相诸王成幻影，平民百姓宴春光。
江南塞北风骚客，集友赓吟耀雅堂。

次韵李文朝将军《七十初度》

七秩人生志者稀，有为翘楚拓新枝。
家山毓秀出才俊，军旅扬名自布衣。
国粹传承多璀璨，纳兰吟咏遍珠玑。
唐松宋柏雄风劲，词阵诗林举帜旗。

附，李文朝将军《七十初度》：

步履匆匆届古稀，从容淡定续新题。
柴门刻苦耕读路，营帐艰辛作训衣。
志在传媒生璀璨，情倾吟苑弄珠玑。
兼习翰墨求锋劲，顺借天风舞雅旗。

次福有会长《戊戌贺春》韵

春到暖风驱暮冬，山川秀丽展新容。
岭南归雁鸣时曲，塞北严寒遁迹踪。
诗颂五洲花正艳，词歌四海意相逢。
吟旌辽畔旗高举，史册增篇付管彤。

附，张福有会长原玉《戊戌贺春》：

立春时节值寒冬，择韵成吟亦动容。
十四年来同贺岁，五千手辑印行踪。
雪飞莫问究何似，缘到深知终可逢。
天若无情天不曙，东方依旧日彤彤。

戊戌迎春

捷报携春雪舞风，初心逐梦九州同。
中华国运兴文运，今古诗功促武功。
灯耀冰莹诚作乐，龙吟虎啸势争雄。
白山松水宏图业，决胜小康旗正红。

四平烈士陵园追思

昔日英城喋血天，牺牲将士宿平川。
因求解放身躯献，为获自由乡土眠。

黑水白山铭伟绩，丹心碧血赞良贤。
北丘松下埋忠骨，先烈芳名立岫巅。

英雄城巨变

春秋七秩岁华年，喜看家乡变万千。
南北双河增秀色，东西高架贯平川。
名园丽景争相建，快速新车又紧连。
莫忘英雄流热血，换来今日艳阳天。

四平解放日感怀

四次交锋世有名，军民鏖战铸英城。
水壕怎挡雄师越，碉堡难逃重炮轰。
摧毁王牌精锐部，接收嫡系受降兵。
群雄洒血流疆土，伟绩长存史册荣。

英雄广场烈士雕塑

七秩春秋翠柏伸，公园雕塑始如真。
手持炸药惊顽匪，臂挽钢枪为庶民。
壮士捐躯肝胆赤，英雄列阵大旗新。
曾经碧血流芳地，勿忘先驱励后人。

恭贺十九大召开

历雨经风留壮志，潮头搏浪立峰巅。
巨轮航母扬威武，宇宙飞船奏凯旋。
反腐倡廉终有利，创新除弊始无前。
中华崛起千秋业，万众筹谋绮梦篇。

叶赫踏青

春日郊游叶赫行，琼楼别致满乡情。
湖中鲢鲤争相跃，树上柳莺高嗓鸣。
一代纳兰标史册，三朝皇后更增荣。
今时古镇翻新意，决胜小康旌帜擎。

贺四平孔子学会成立

纵观华夏几千年，齐鲁先师百姓传。
四海儒家研论语，五洲学士拜良贤。
英城碧水流诗韵，奉化峦山壮赋篇。
社稷修文成大业，征程追梦立峰巅。

初访梅河

白山门户梅河丽，百态千姿万众讴。
砬子山中林密茂，磨盘湖内水清流。
摩崖石刻女真史，胜景奎山佛塔楼。
百业腾飞惊塞北，海龙高翥写春秋。

梅河诗会

千年古邑春花鲜？海内吟朋喜气阗。
鸡冠山林摇翠柳，磨盘湖水灌桑田。
拓工富市新方略，活贸宜民布锦篇。
最是城区生巨变，钟灵毓秀立峰巅。

步韵岳琦会长《梅河采风记》

喜看梅津拓展年，万千变化景依然。
磨盘沟壑流清水，五奎琼林望碧川。
百业俱兴惊塞北，千山披绿富无边。
雅朋柳翠春时聚，泼墨吟诗涌赋泉。

附，张岳琦主席《梅河采风记》：

一别梅河十五年，故人星散地依然。
四通八达金枢纽，三水七田鱼米川。

长白松辽兼有韵，文明富庶信无边。
诗家到此胸襟畅，陡发豪情思涌泉。

迎春有感

秋盈仓廪粒如金，百业攀升报好音。
华夏风流千载赋，神州绮梦万民吟。
春融冰雪来川海，雨覆山峦翠岭岑。
岁序更新人未老，鬓霜志远少年心。

贺青藏铁路通车

唐古拉山冻土坚，高寒缺氧雪冰先。
边陲旧日崎岖道，天路今时世纪巅？
回首五年开拓史，入眸一瞬梦魂牵。
西南屋脊车轮滚，华夏黎民幸福篇。

为天路喝彩

时逢建党夏花鲜，天路修通喜气阗。
西藏高原黎庶盼，边陲奇迹锦程篇。
百年盛世风光丽，万福新区淌碧泉。
夙愿中华今实现，铁龙直上玉峰巅。

贺四平市诗词学会获2015年全国先进社科组织奖

蓉城十月传佳讯，学会殊荣汇锦章。
盛世诗词兴伟业，小康文赋继华光。
中枢引领千山秀，先进能溶万水香。
接读纳兰行大雅，好为桑梓写芬芳。

伊通百合诗会感赋

七星宝地夏花鲜，胜友相逢喜气阗。
百合争开迎远客，千莺竞唱喜空前。
悠悠伊水流文韵，郁郁孤山绘雅篇。
万众挥遒承伟业，大旗召展凯歌传。

伊通萨满华章

时代刷新丹卉香，传承薪火不寻常。
七星宝地流文韵，两座孤山勒史章。
几代耕耘结硕果，廿年拓业铸辉煌。
吟朋喜聚功成日，大纛横空业永昌。

贺伊通满族自治县成立二十周年

塞北明珠自不同，无边胜景画屏中。
孤山拔地峰峦异，三水流波物产丰。
昔日后金发祥地，今时名县创奇功。
欢歌廿载兴隆业，各族豪英气势雄。

甲午贺岁

甲午新春梅雪芳，创新反腐展辉煌。
自强崛起中华骨，严阵待诛东寇狼。
南岭鹃红呈锦绣，北疆冰瑞送和祥。
如椽大笔书宏业，韵友松辽唱雅章。

赞2014年“歌盛世、咏家乡”诗会

纷飞瑞雪迎春至，桑梓骚人聚雅堂。
墨泼高山抒意气，诗吟广厦颂家乡。
蛟龙探海开篇阔，玉兔巡天展国强。
几代风流圆绮梦，中华崛起更辉煌。

咏 世 博

春意盎然鸥鸟旋，物华竞秀浦江天。
云霄耸立巍峨塔，水畔欣成锦绣川。
缩影环球凝壮丽，珍藏禹甸绘娇妍。
百年风雨翻新页，魅力如斯惊宇寰。

建华挚友从军四十二周年有贺①

金秋八月艳阳天，高朋盛友聚空前。
推心共忆峥嵘月，吟赋同温正义篇。
交友情真留暖意，从戎意笃向凌烟。
正军称谓无须挂，誉满关东立翠巅。

【注释】

①建华：巩建华，四平消防支队原支队长，大校军衔。

京华赠友

田畴滴翠绿无垠，挚友相逢别样亲。
置腹推心言往事，浓情重义待荣宾。
京华业拓收丰果，塞北名传历苦辛。
欧风指日飞喜讯，九州无处不迎春。

和福有会长《辛卯贺春》

瑞雪红梅盛世昌，烟花联对唤春芳。
盛唐古韵连青史，大宋吟文赋雅光。
紫气东来增凯运，佳篇南递得和祥。
丹忱永励图强志，辛卯松辽绘锦章。

附，福有会长《辛卯贺春》原玉：

瑞雪殷梅连幻阳，寅归卯至唤春芳。
辽东一纪山雄伟，柳外千巡人健康。
接地风雷涵绝色，惊天手笔赋奇章。
年新又择三唐韵，砚满毫飞贺吉祥。

次韵养根斋《壬辰春颂》

四海龙腾寰宇光，五洲披瑞换新装。
寒梅争放花香艳，皓月凌空树翠芳。
塞北暖风融大地，江南细雨布和祥。
吟朋盛世抒佳曲，放眼神州颂泰康。

附，养根斋《壬辰春颂》原玉：

冲天爆竹闪金光，秀水奇山未枉妆。
辞玉兔迎朝旭暖，引苍龙煮腊梅芳。
文标长白新符号，酒蓄殷红臻吉祥。
又是年根同抚键，齐吟嘉贶颂安康。

次韵养根兄《客居四平感闻》

质监开拓写华章，国检功成事亦芳。
现代高能遍阡陌，新攻低碳改炎凉。
景妍叶赫腾龙地，绩展昭苏创业乡。
兄至英城多喜悦，敬呈一纸寄情长。

附，养根兄原玉《客居四平感闻》：

质监事业集华章，载韵辽滨四野芳。
诗以投缘忘远近，器因换热控炎凉。
鸡儿花放城偏脸，鸭绿江流思故乡。
何乐如斯亲雪境，吟哦声起路犹长。

和养根兄韩州统编抒怀并致耐寂轩主一行

昔日误疑当铲除，韩州苦乐意何如?
根兄报国怀心志，韵友为民感慧予。
考古尚需文证史，解疑还待墨成书。
今宵尽饮迎宾酒，试看丰田已挂锄。

附，题解代题，《高句丽古城考鉴》于韩州统编蒙耐寂轩主与张玉璞率格格忠凯兴才云笺诸诗友及四平二局长梨师三校长看望拙斋并豆谷吟连夜抒怀：

千载之疑或可除，八年苦乐责何如。
探班酒沸酬知己，择韵情浓惠感予。
流派开宗诗证史，古城考鉴石成书。

不遗后世忧也嘱，直命朋侪齐荷锄。

贺四平市诗词学会会刊更名

雕龙出砚望华年，助我诗词绘雅篇。
文咏松辽业焕彩，歌吟华夏景斑斓。
岳公泼墨馨刊首，福友抒情灿地天[①]。
指点江山挥健笔，韵扬四海向峰巅。

【注释】

①岳公：指张岳琦；福友：指张福有。

丹东五龙背初逢启东吟友

辽东半岛有奇人，左腕旋书美善真。
泼墨山乡歌盛景，吟诗故里赋新春。
为民办院清官胆，替政理财公仆身。
塞北扬名不自傲，丹忱襟抱总无垠。

赞四平九洲集团

时代弄潮看九洲，创新科技立鳌头。
前沿光电源开创，现代农机赖运筹。
地产铺成通富路，投医拓展上高楼。

宇寰问鼎求勋业，续拓宏图壮志酬。

赞四平红嘴集团

神州创业领头屯，举国扬威胜绩新。
酒酿名优添富路，铁流质健逐穷贫。
攀高开放倾心力，增效丰收绘早春。
志向丹青留美誉，前程似锦永芳芬。

赞现代天丰集团

松辽腹地企花香，根立英城汇锦章。
肥入桑田增谷秀，糖提禾稻惠民康。
资源转化名优稳，科技前行效益强。
勠力同心开伟业，天丰一路展辉煌。

游正觉寺

千年道观凌云殿，阆苑装修意敬天。
传善能迎沧海客，竭诚可纳九州烟。
留连信友求民富，持续回音佑众缘。
缭绕梵香驱百疟，弘良化劫此尊贤。

【题解】

吉林省敦化市正觉寺系现年八十二岁的美籍华僧释佛性法师于1992年持净资易地重建的，其后续投资吸纳了大量海内外投资。

双辽博来德集团采风

松辽河畔涌春潮，瀚海新星锦帜飘。
钢板粮仓接踵立，运输专线厂区标。
曲桥亭榭犹含笑，翠柳香花格外娇。
兄弟集团誉中外，志存高远向云霄。

【题解】

著名民营企业吉林省博来德工贸集团位于双辽西辽河畔。

贺保安学校成立

歌瀑如潮花烂漫，喜迎盛事奏音弦。
群山列阵扬诗赋，名校扬威浪韵翻。
世界和平依领袖，地方安保赖群贤。
民丰国泰添新力，展望前程锦绣篇。

梨树农专采风

昭苏南郭翠成堆，柳浪松风大任催。
塞北名庠育桃李，松辽老校响春雷。

“三农”科技开新域，单产菁粮创首魁。
铺就小康前进路，辉煌三秩壮苗培。

重阳笔会感赋

金秋邀至赏菊香，重九登临眸雁行。
吟友五湖歌国盛，诗朋四海颂民康。
佩萸长辈求身健，把盏新人祈福长。
重史崇文诚聚首，骚坛锦帜向朝阳。

霍家店感赋

坚持改革霍家园，巨变穷乡奋拓篇。
百业根深财运旺，“三农”叶茂康庄连。
小桥椰树南疆色，大豆高粱北麓田。
最是潮头骄子立，新村一派艳阳天。

【题解】

霍家店村位于吉林省四平市梨树县城郊，从五业兴盛到引领农村改革，被誉为社会主义新农村的旗帜。

贺中华诗词学会第三次全国代表大会召开

燕京五月夏花香，宋韵唐风国粹光。

韵友来堂谋伟略，贤君临会送芬芳。
诗峰有径篇为路，词海无涯舟续航。
雅殿文华传百代，同为盛世写辉煌。

贺吉林省诗词学会第二次会员代表大会召开二首

一

春城欢聚伴荷香，薪火相传史焕光。
有径诗峰峰翠翠，无涯词海海茫茫。
白山雪墨书馨曲，松水波毫续锦章。
同道鸿儒谋大计，诗林岁岁向朝阳。

二

金秋稻谷千重浪，天朗农家收获忙。
争艳文花时绽放，竞鸣艺鸟正飞翔。
民康谱写欢欣曲，国盛勤书儒雅章。
胜友春城欢聚日，留丹泼墨写辉煌。

赞吉林大学白求恩志愿者协会①

济世仁心爱满怀，白衣天使若花开。
频传地震伸援手，再报疫情驱病灾。
拔苦怜贫施妙药，扶伤救难摆医台。

千般砥砺华光出，万种风姿接踵来。

【注释】

①吉林大学白求恩志愿者协会：成立于1993年，是全国高校率先成立的青年志愿者组织。二十多年来，协会形成了以传承弘扬白求恩精神为指导思想，以医学部各医院为主要阵地，以服务社会、实践育人为核心工作任务的服务宗旨，目前志愿者人数达五千人，服务基地五百处，累计开展志愿服务四十万小时。

赞辽源最美法官王宝胜

铁面无私不染尘，心牵百姓感情真。

身居简陋人无悔，耐住清贫手不伸。

三尺法台关社稷，一腔热血为黎民。

光荣使命多神圣，最美风标锦帜新。

【题解】

2014年10月19日，中宣部、最高人民法院在北京共同授予吉林省辽源市东丰县人民法院刑事审判庭审判员王宝胜“最美基层法官”荣誉称号，王宝胜总是这样描述自己的工作生涯：“在二十多年的法官生涯中，我一直以自己是一名人民法官而感到骄傲和自豪，哪怕是清贫的、艰辛的，甚至被人称为狠心的、无情的，我都无怨无悔，我将以神圣法律为信仰，视廉洁清正为动力，在有限的生命里，完成时代赋予我的光荣使命！”

贺长春中医药大学五十周年华诞

五秩时光迎大典，春城聚会灿云天。

中医汉药扶人术，先祖岐黄盖世篇。
济世华佗流百代，拯民思邈颂千年。
高歌华诞旌旗舞，彰显名庠四海传。

贺《英城创业》出刊

新刊问世语争妍，塞北吟坛丽梦牵。
诗颂千乡曾跃马，文歌百企正扬鞭。
财经提振留风貌，科技腾飞录壮篇。
崛起名城人瞩目，群星闪烁立峰巅。

贺辽河垦区诗词学会成立

庚寅十月碧云天，辽畔吟旌色更妍。
笺展诗文彤碧水，书扬国粹颂华年。
高歌老镇层层锦，共庆新区步步先。
稻谷飘香兴雅韵，挥毫去写大风篇。

贺公主岭获“玉米之乡”称号

塞外岭城佳讯传，萍天苇地立精篇。
农商文俊齐称颂，童稚翁夫喜气阗。
致富若无新政策？为民怎有好粮川。

松辽沃野开通路，禹甸明珠写大千。

贺公主岭诗词学会成立二十周年

雨催新绿喜逢春，辽水奔腾雅赋真。
古邑增粮拿冠首，岭城创业惠人民。
词吟二秩积佳作，诗拓千村织锦纶。
公主泉台当笑慰，关东又起一星辰。

贺公主岭市创建中华诗词之乡

响铃音悦九州扬，美律飞旋美韵章。
公主新城荣国粹，北疆古镇建诗乡。
稻粮高产名争誉，事业腾飞史焕光。
墨友文朋承巨笔，吟坛雅殿写辉煌。

“七一”感赋

昔日红船初建党，茫茫赤县见霞光。
南昌烽火惊天地，遵义旌旗映梓桑。
执政为民成伟烈，创新富国铸辉煌。
党龄九秩同欢庆，高耸丰碑照锦章。

贺四平诗词学会2012年“七一”前成立党支部

歌瀑如潮花似浪，欢呼党建庆辉煌。
披荆九秩开新宇，斩棘经年拓远航。
赋颂五洲涛拍岸，诗吟四海土生香。
基层设立桥头堡，众雅骚坛向旭阳。

贺四平市食药监局被评为全国先进单位

一剪寒梅别样情，为民团队获殊荣。
超人群干鸣新曲，卓见中枢绘锦程。
打假驱污施重手，卫生除弊有佳名。
肩承使命关黎庶，大任高扬气势宏。

贺“神七”飞船上天

轰鸣神七又飞天，破雾穿云再抢先。
探索苍穹神秘揭，察观宇宙梦魂牵。
国强始具升空力，民富方圆科技篇。
喜庆月宫飘锦帜，辉煌华夏立峰巅。

贺一正药业获驰名商标

英城药企获殊荣，一正商标赫赫名。
效誉星驰长振奋，名牌业创久攀升。
弘扬诚信黎民赞，瞄准高科质量精。
打造文明新境界，人和业旺势恢宏。

贺父亲九十周岁寿辰

九旬翁老犹伏枥，无限追求安有期。
冀北故乡留赞誉，关东商贾话传奇。
勤耕翰墨书风劲，苦练经财志趣怡。
历尽沧桑身尚健，松龄鹤寿绕梅枝。

【题解】

2008年3月8日是父亲张鹤年九十周岁生日，全家四世同堂为老人祝寿有感而发。父亲系中国艺术研究院文化艺术研究中心书画师，吉林省、四平市老干部书画研究会会员。

贺大女儿张旭喜生贵子

十月怀胎孕育辛，一朝分娩始增春。
玲珑飞凤温心曲，纤丽开花有玉痕。
胜友同仁皆道贺，亲人至爱特关亲。
爷孙欣慰早相见，薪火传承有后人。

贺二女儿高校入党

党龄九秩歌华诞，二女旗前把誓宣。
至爱励言欣话里，馨朋祝愿喜眉边。
当知父母皆公职，更为荣光老党员。
奋起后人家国旺，华章永续碧云天。

【题解】

二女儿张颂系长春中医药大学公管院大三学生，2011年7月1日加入中国共产党，并参加了隆重的集体入党宣誓，故赋诗贺之。

喜事感怀

盛夏甘霖时未晚，人间佳讯涌诗坛。
超群爱女生奇子，花甲欣翁越峻峦。
快婿贤亲薪又涨，高朋挚友业犹钻。
上天恩赐应行善，进取攀升史册丹。

【题解】

2010年7月13日（农历庚寅年六月初二），大女儿张旭喜生贵子，同日市委组织部通知我享受正处级待遇，15日佳婿龙飞又接到加薪的消息，喜事不断有感而发。

泪悼慈父

白雪纷飞辞别意，撕心哀乐送离情。
经年信奉忠仁美，一世遵循礼义诚。

工笔兰亭承逸少[①]，临摹郑燮敬豪英。
虚怀若谷明真理，留得家山赞誉名。

【题解】

我的父亲张鹤年系吉林省、四平市老干部书画协会会员，作品曾多次在国家、省、市获奖，其中1996年被国家文化部、文化艺术中心聘为书画师，2009年8月在“秦港杯”全国诗书大赛中获二等奖，作品被大赛组委会永久收藏。父亲于2010年1月4日不幸病故，享年九十三岁。

【注释】

①逸少：王羲之。郑燮：郑板桥。

泪悼大姐夫病逝

噩耗听闻涕泪涟，英城学子赴黄泉。
精明严谨同仁赞，勤俭求真伉俪牵。
齐鲁家山性情直，关东名校笃情传。
天堂回首应欣慰，后辈功成效俊贤。

【题解】

我的大姐夫王吉仁，1965年毕业于吉林工学院。系“文革”前大学本科毕业生。担任过四平仪表厂设备动力科科长、四平市机械局人事科科长等职务。祖籍山东，性格耿直、勤奋好学、为人善良。多次被评为省、市、局先进工作者。

为岳秀英母亲八十大寿喜赋

持家育子度时艰，宽厚勤劳结善缘。

宴上高堂慈母面，城前大地杏花天。
仁娴境界千秋颂，慈孝家风百代传。
美酒亲情逢盛世，寿星座下尽英贤。

六十生日感怀

花甲回眸世路艰，奔波半载涌清泉。
家贫不改求知志，任重犹存奋斗篇。
烟草领工年尚少，药监离退已欣然。
书山学海开新面，要举诗章到翠巅。

和田振海局长分别感赋

冬日朝阳锦色光，时逢天冷腊梅香。
省城英俊藏经纬，大漠能才乃栋梁。
立党为公标正绩，为民谋福谱华章。
英城雪墨书离曲，海角天涯谊久长。

重逢杨晨钟挚友

两次于申会友人，相逢一醉语无垠。
当年企业诚心谊，此日神州挚友纯。
满腹经纶无用武，一身能量已埋尘。

光阴似箭堪斑鬓，夕照桑榆也向春。

贺春福挚友升迁

忽闻挚友得升迁，欣喜之情伴不眠。
十载拼争过谷口，一朝奋起上云边。
梨乡沃土生芳秀，名校良师育俊贤。
木秀于林当谨慎，勤开政绩捷书传。

四平西湖水上公园

亘古相传西子好，今时故里荡春潮。
湖光潋滟风光美，柳色葱茏玉苑娇。
塞北廊桥通典雅，关东亭榭绘妖娆。
匠心独具呈霓彩，妆点英城锦帜飘。

四平东城交通新貌

东域英城喜气阗，架高坦道梦魂牵。
斑斓夜色霓虹闪，锦簇花团丽景妍。
千里嘉宾短时至，百条大路八方联。
经天纬地传佳史，现代交通奏凯旋。

辛亥风云祭

辛亥风云似火燃，推翻专制史空前。
穗城举义惊华夏，武汉鸣枪震宇寰。
反帝反封摧旧垒，救民救国换新天。
东方火种共和路，彪炳千秋壮史编。

有感诗词学会获反腐倡廉组织奖

令发中枢执纪明，投诗做剑获殊荣。
口诛贪吏千军动，笔浚清泉万众盟。
建设小康传凯曲，复兴大业举麾旌。
倡廉反腐颁新措，大地神州正气宏。

【题解】

2013年1月24日，四平诗词学会接到了中共四平市纪律检查委员会的获奖通知，内容是：四平市诗词学会在四平市廉政文化“百千万”精品创作工程中获得优秀组织奖。奖状、证书颁到，有感而发。

贺四平诗词学会获省和国家殊荣

红枫金叶映秋深，光彩殊荣慰此心。
瑰丽辞章歌盛世，风骚雅律馈强音。
诗朋勠力搏风雨，韵苑同心绘玉岑。
薪火传承功百代，播扬国粹献微忱。

有感耐兄一行冒雪来平赠送王镔电脑有感

追风百里送亲情，白雪临头做泪盈。
去岁因诗同列阵，今时驱病共怀诚。
好词源自德高者，雅赋精于义正英。
国粹弘扬频以慰，荧屏焕彩绚吟旌。

耐兄、剑弟、霞妹英城送书

春雨春风牵客至，欢欣韵册惠吟家。
陈坛频举倾诚意，绿卉争开映碧霞。
百卷墨香盈肺腑，九台词赋放光华。
佳朋汇聚诗泉涌，犹似甘霖绽丽花。

记者节感怀

激荡思潮笔似椽，新闻大业赖群贤。
当年抗战惊寰宇，今日康庄写秀妍。
诗颂五洲担道义，韵扬四海铸鸿篇。
投枪伐恶文宣帜，敢向风波浪里旋。

为英雄城四平再创伟业而作

当年义帜起关东，拔地掀天烈火熊。
四战四平昭伟业，百招百项启新功。
成仁有志花仍碧，富国丰民绩也红。
为使丹忱终不泯，再添锦绣续英雄。

百年梦圆世博会

万客何辞仆仆尘，百年一梦恍如真。
邀来黄浦江心月，醉作青山画里人。
丽塔东方耸锦绣，外滩靓景展芳芬。
海鸥起舞迎佳客，祖国明珠浩荡春。

喜迎北京2008年奥运

五环盼得几多年，奥运申来赤县天。
盛会千旗普天舞，祥云一束五洲旋。
珠峰挥手迎佳客，圣火开光照俊贤。
崛起中华惊世纪，东方重绘巨龙篇。

奥运感怀

百年奥运耀神州，赤县生光喜泪流。
九域祥云迎贵客，五环锦帜上琼楼。
福娃招手娇姿艳，团队争标壮志酬。
承办空前新盛会，体坛揽得大丰收。

珠峰圣火

祥云火炬耀珠峰，华夏欢欣举世惊。
亿万国人圆旧梦，百年奥运拓新程。
古来英俊难中现，今有豪雄逆境生。
破雾穿云登仞顶，熊熊圣火万千情。

神彩开幕式

神奇开幕群雄赞，彩映京城不夜天。
金鼓齐鸣惊宇宙，礼花竞放照山川。
展舒华夏千年秀，演绎东方百业先。
古老中华重奋起，神州唱彻凯旋篇。

赞奥运开幕式

盛况空前开幕式，环球响彻赞扬声。
印刷活字源华夏，火药南针灿亚京。
丝路开通衔融惠，洪拳远布睦和情。
丹青画卷传神韵，故国腾飞万马鸣。

观全运会开幕式

体坛盛事落山东，齐鲁平原卷炽风。
泰岱昂头迎远客，黄河起舞泛豪雄。
圣人故里鸿儒史，清照雅吟举世崧。
国泰民安燃圣火，神州锦绣展新容。

赞“平民英雄”吴斌

杭城空巷意何深，竟使长街泪雨淋。
遇险舍身成大爱，临危忘我铸高岑。
西湖浪涌歌英杰，灵隐霞飞颂善心。
义铸丰碑高耸日，光辉熠熠励后任。

谒问心碑

风清云淡夏初天，拜谒清官岭邑前。
持节先贤存表率，倡廉古吏续留传。
政勤社稷开新业，福造黎民奉铁肩。
昔日为官昭遗爱①，问心碑上笔如椽。

【注释】

①此句源自欧阳修的《再至汝阴三绝》一诗，“昔愧无遗爱”意指过去为人民做的事太少。

问心碑感赋

阡柳菁杨胜日临，驱车百里访贤钦。
保廉持节名存史，拒腐标风事敞襟。
无愧亭前未曾愧，问心碑下敢扪心。
人生莫过万千日，执政亲民业似金。

单连照四平寻亲

塞北江南一线牵，至亲七秩获团圆。
英雄城柳迎风舞，扬子江波逐浪旋。
物欲横流伤社稷，金迷乱搅扰云天。
骚坛澄得清纯地，乐助他人德保鲜。

飞沪杂感

凌空万里神情傲，无尽江山分外娇。
舱内荧屏时变幻，舷旁丽景更飘潇。
早年轶事多寻觅，晚节遐思自感召。
名利何必记心上，愿擎吟帜向琼瑶。

【题解】

2008年5月14日，我与冀清发乘飞机去上海办事，感慨万千偶成。

贺刘志昌《中华诗词创作与赏析》问世

云淡秋香硕果鲜，佳朋新作语惊天。
弘扬国粹开新路，编辑诗文效众贤。
天籁扬声抒壮志，词花竞艳涌清泉。
明珠璀璨传千载，瑰宝中华亮宇寰。

食品检查路上

冬日身临辽水畔，查评工作重扛肩。
寒风阻滞何言冷，冰雪拦车更向前。
细检严查排位次，深研慎视比周全。
人民福祉当牢记，食品平安大过天。

【题解】

2007年11月23日，冒着冬日的严寒，我带领市食品安全委员会检查组前往双辽市检查评价食品安全工作，途中浮想联翩偶成。

台湾重逢黄锡祯先生①

英城喜聚为民康，宝岛樽前翠叶章。
最忆招商驰远路，更知有意渡重洋。
投资远虑胸襟广，建厂深谋硕果香。
一剂良膏传两岸，药施病去义流芳。

【注释】

①黄锡祯先生：四平招商引资的台湾客商，也是我的好朋友，在四平和台湾都有制药厂，主要产品是贴膏。

赠　友　人

寒梅绽放喜临春，客舍南疆感念真。
碧海蓝天思去日，菁林阔叶忆同仁。
世间诚伪难分辨，业务沉浮忘苦辛。
遥祝贤朋多奋力，前程似锦向芳辰。

北京偶遇故友

半世生涯飞瞬过，依稀旧事耐消磨。
晨曦慢跑神情爽，暮色吟哦喜乐多。

雄伟长城姿耸立，陶然秀榭影婆娑。
鬓斑不减当年志，夕照征途谱靓歌。

赞药检所小广播

闲时广播室音响，缓解疲劳使命强。
诗颂同仁驱假劣，文传群干赞贤良。
民康演奏和谐曲，盛世挥毫大雅章。
瑰丽清声旋耳畔，药监伟业铸辉煌。

悼念黄永和挚友

松辽大地忆吟名，挚友文韬锦帜擎。
三任中枢谋伟绩，十年党务鉴新声。
横眉对恶胆如斗，善目迎宾心付诚。
早逝英才行错路，诗林词苑泪泉倾。

【题解】

黄永和是我的好兄长、挚友。此诗谨为悼念好友黄永和同志病逝两周年而作。

贺张明兄六十华诞

戊子金秋稻谷香，松原大地采油忙。

当年创业开基者，今日荣归拜故乡。
五载同窗求学路，卌年挚友见情长。
鬓斑甲子歌华诞，犹见暮年书锦章。

【题解】

我的中学同班同学、内兄张明是吉林油田1920年首批开拓者。曾先后担任吉林油田采油三厂、油田井下作业处、油田卫生处、油田党校、油田职业大学党委书记，还兼任过油田卫生处处长、油田医院院长。时值六十华诞，感慨万千而作。

抗 冰 灾

神州罕见冻冰摧，佳节欣逢扑面来。
高塔倒时煤电断，交通阻处路人哀。
英明领袖发新令，亿万军民奋抗灾。
众志成城驱虐害，岭南春暖丽花开。

赠山月大姐

骚坛吟诵丽瑰贤，半载生涯赋咏年。
旷野灵花齐斗艳，山中月色竞争斓。
千篇词曲辉煌路，三尺师台锦绣篇。
赤县争传文殿女，神州大雅立峰巅。

贺冼天沙《百雁词》出版

相知兄长因时晚，浏览诗章雅动天。
豪颂山河增绣帙，怒批仕宦吐贪涎。
松辽沃土生文俊，旅大风光育墨贤。
百雁佳词新问世，骚坛奔涌冼沙泉。

贺希林挚友《红枫》诗集出版

韩州古地梨花灿，艺苑奇葩丽景妍。
戎马辽西留壮志，为官故里涌吟泉。
韵扬四海歌乡土，文颂九州迎锦年。
诗集红枫新问世，春风开启萃华篇。

读《晚晴集》白尚斌吟长有赠

鬓霜吟长展情怀，大作成书问世来。
香土专栏担主笔，英城老干育贤才。
抗洪舍己关黎庶，水利倾心逐雾霾。
磊落一生光照彩，骚坛喜赋绽花开。

贺赵福元兄《生活随想》一书付梓

高龄八秩追贤达，付梓华章丽萃篇。
文颂五洲歌盛世，诗扬四海写桑田。
昔时在位同仁赞，今日悠闲韵律牵。
处事谦和宣孝道，词风德品寄峰巅。

四平中医院采风

采风之际韵朋欣，乍暖还寒望白云。
汉药中医传国粹，岐黄半夏疗民勤。
华佗济世功千载，思邈亲民绩九垓。
锦帜高悬东域立，开来继往业芳芬。

汶川地震感赋

夏初戊子撕心肺，蜀水巴山面貌非。
断壁残垣桥路断，生灵涂炭客无归。
群山静默云垂泪，江海奔腾水放悲。
多难兴邦凝壮志，中华大地再生辉。

惊闻汶川大地震

忽传噩耗惊寰宇，地裂楼歪史见奇。
江水改流湖险恶，高山移位路颠危。
灾情催泪实为惨，抗震驱魔不觉疲。
力挽狂澜齐奋起，军民忘我救川崎。

弘扬诚信

神州呼唤增诚信，假劣驱除货品真。
盛世岂容瑕掩玉，康庄当葆善提纯。
蛀虫侵扰公平破，私欲横流正义申。
商业繁荣凭国政，弘扬道义为黎民。

质监责任重于山

质监职责命相连，百姓安全大过天。
万类物资需勘验，千条法律待严宣。
消除假劣驱霾雾，守护家门任在肩。
融入宇寰成一体，唤呼质量重挥拳。

悼恩师李景全

恩师故去谁知晓，每忆痛心泪似涛。
古地韩州才拔萃，春城名校品行高。
诲人不倦帮童子，夜寐辛勤戮力劳。
难忘分施新教法[1]，教坛悲落世英豪。

【注释】

①分施：1966年作者在四平师专附属中学初中二年级学习时，学习成绩全年基本上总能排在前三名，在班主任李景全老师推荐下，被学校定为因材施教的跳级生，整个年级仅两个人。李老师利用业余时间给我补习初三代数课程。

端午节感赋

端午飘香节气浓，毗邻包粽寓情同。
屈原万里传忠烈，汨水千年颂美崧。
悲愤投江江忆永，离骚入史史留丰。
若无爱楚英魂在，禹甸子孙谁竞龙？

颂　屈　原

纵观华夏五千年，杰俊豪英史册篇。
济世杜兰辛苦谏，悲民水火古今传。
离骚巨作开新路，九问挚诚社稷牵。

先圣屈原名禹甸，庶黎永念楚臣贤。

元宵节感赋

火树银花又上元，欣逢桑梓展灯年。
流光溢彩奇葩绽，灯火辉煌阆苑仙。
塞北名都惊禹甸，英城街巷喜空前。
浮动暗香良宵夜，情系黎民暖世间。

赠书藏家张耀儒老先生

警旅文坛一儒将，松辽沃土著华章。
藏书万卷因志远，爬格千篇图自强。
方几能观千载史，室斋可演万花芳。
少怀壮志别桑梓，斑鬓犹存气宇昂。

圣诞节答友人

愚兄行作朽糟人，宦海沉浮已暮云。
昔日繁华皆散尽，今朝冷落觉诚真。
烟花圣诞无眠夜，信息挚传语暖身。
幸有诗书新问世，寒冬也透几丝春。

【题解】

退居二线后，忽接好友郭洪志祝贺节日快乐信息，不胜感慨，浮想联翩偶成。

北京协和医院第三次手术

暗地昏天苦雨倾，死神挑战众心惊。
我求苍昊多增爱，怎耐沉疴几打横。
幸有女儿来孝顺，更添佳友至亲迎。
疾容一去周身爽，雅韵人生有誉荣。

6·14无偿献血日有感

无偿献血捐挚爱，救死扶伤鬼蜮哀。
人道有嘉呼奉献，烛明济困已开来。
新陈代谢身无损，减少沉疴病永埋。
生命蓬勃泉涌注，宇寰丹卉乐常开。

吟坛骄子①

寒退冰消暖气回，吟坛词阵响惊雷。
诗篇问世皆文俊，骚赋发刊胜卉栽。
浩瀚草原飞丽鸟，关东名校育书魁。

韵扬禹甸英才立，儒雅为官一树梅。

【题解】

①吟坛骄子：即常柏林诗友。

附，柏林谢和玉璞兄原玉韵：

峻岭云开现翠微，璞公擂鼓响春雷。
莺歌转转宛宛曲，燕舞啾啾剪剪梅。
词阵三江名劲旅，诗乡五岳耀星魁。
持旌击橹潮头立，一领风骚莫属谁。

次韵石薪版主《感呈张会长玉璞兄》

杰俊人生苦禄忙，七灾八难躲无藏。
诗坛翘楚开宏业，文会贤良为故乡。
韵友情浓伸谊手，征程义重付心香。
苌弘血碧传千古，今映诗群焕彩章。

附，石薪原玉《感呈张会长玉璞兄》：

大任微劳别样忙，惊风密雨总无常。
壮怀襟抱君行远，有限虚能我负伤。
救难真情挚挚爱，冲天侠气践心香。
荐天一捧苌弘血，好写人间韵彩章。

赞辽宁女法官钟蔚莉[1]

辽宁评选获殊荣，塞北千家赞誉声。
重任在肩查铁案，公平垫底断私情。
心装黎庶木槌举，情系中华锦帜擎。
圆梦神州凭律法，巨龙腾跃宇寰惊。

【注释】

①钟蔚莉：法学学士，经济学硕士。1990年到朝阳法院工作，1994年任助理审判员，因工作成绩突出，1996年10月破格晋升为审判员，2010年被选任为朝阳法院经一庭审判长，2012年7月被任命民二庭庭长助理。

海军巾帼楷模韦慧晓[1]

斩浪劈波舰远航，须眉不让绩芬芳。
高端学历培新秀，精湛论文汇锦章。
练就胆肝驱匪寇，深研防务保家乡。
神州寸土不容犯，钢铁长城固海疆。

【注释】

①韦慧晓：辽宁舰第一位航海部女副航海长，女副舰长。

协和住院偶感

杂粮五谷育黎民，顽疾疴沉常伴身。
济世协和多妙手，扶危名院也回春。

心宽友慰严冬暖，步慢儿搀盛夏辛。
爱妻关怀群口赞，中华美德励人真。

次韵福有会长《四平打尖小记》

酷暑佳朋会铁东，吟坛雅聚趣相同。
英城锦帜从零起，塞北扬名未有终。
重走皇华期众友，更携诗派号群雄。
蜚声韵阵峰巅立，最是功高路路通。

通化县承办《佟水悠扬》百人采风活动感赋步桃仙韵

省城南麓韵旗扬，万壑千山百卉香。
雅客鹤乡曾饮酒，诗朋通化又流觞。
绘描药企开新业，吟咏钢都拓大荒。
作赋填词歌巨变，浑然忘却鬓添霜。

卷二　绝句

老　树

老树干犹壮，新枝日弄柔。
凌风摇似笔，随处写风流。

绝　句

宦海困痴人，诗坛荣白身。
心高情自雅，何故惹红尘？

红　豆

自是多情物，人人盼得之。
岂求能饱腹？聊以寄相思。

寄　情

夜半偕谁语？移情上笔端。
相思无寄处，倾入一杯干。

偶成三首

一

公园立夏游，漫步也风流。
客少周遭静，吟诗不用愁。

二

夏初花绽放，丽景眼眸收。
翠树连成片，时闻俊鸟啾。

三

信步河边走，廊桥别致幽。
已非它日景，水畔矗高楼。

竹颂二首

一

青青枝叶茂，挺挺望云霄。
志在天边外，箫声万里飘。

二

亭亭玉立中，琼节志高崧。
雨润新枝秀，风摇翠叶浓。

贺四平获“中国优质玉米之都”殊荣

风传喜讯到天涯，玉米之都绽丽葩。
铺就黄金求富路，“三农”辽畔映丹霞。

次韵耐寂兄《贺辽畔吟旌开版》

高悬吟帜壮英城，网海飘红猎猎旌。
几代贤儒承大雅，神州万里滚雷声。

耐寂兄贺英城吟旌开版原玉

早闻吟旅起英城，又见论坛树一旌。
为有攻坚豪气在，会教高咏作雷声！

次韵赵玉《课堂拾韵》

夏初柳绿时光好，韵友相携雅殿来。
拨雾园丁深谢意，珠玑美律无须猜。

附，赵玉原玉：

欢欣岂是因师好，振奋皆缘会长来。
笔下飞书申谢意，含情几许无须猜。

听课偶成二首

一

诗阵英城也壮哉，吟旌一面校园来。
良师解惑心情爽，放眼家山丽卉开。

二

别开新面好诗堂，互动师生学业芳。
问仄敲平寻雅句，颂今歌古百花香。

【题解】

2018年5月30日，身体稍好，有幸到四平老年大学文史班听诗词课，讲课老师赵玉是四平诗词学会副会长。有感而发。

京华复诊偶成

动车一路快如风，再到京华治病行。
逐雾驱霾诚有待，归来酬报好友情!

通榆采风六首

一、通榆墨宝园

翰墨飘香古邑城，宝园传世史留名。
老夫童稚争挥笔，翘楚贤良寄盛情。

二、绿色能源

白山余脉电风场，储量充盈利众康。
绿色平川天赐予，惠恩百姓福流长。

三、向海自然保护区

塞外荒原景色新，雁鸣鹤舞喜逢春。
无垠湿地铺芳锦，遐迩闻名魅力真。

四、中国民间绘画之乡

边陲古镇建奇乡，世博申城亮彩章。
文化长廊汇精品，花开大漠再飘香。

五、大地印章

人行大路四方开，俯瞰高空趣味来。
向海中华呈锦绣，一枚巨印似天裁。

六、书法文化名城

泼墨挥毫旧邑新，中华瑰宝古今珍。
匾牌悬挂皆书法，薪火传承盛世春。

参加《城市晚报·四平版》创刊一周年口占

塞北新闻绽丽葩，英城晚报进千家。
周年致贺报人美，大地冬梅焕彩霞。

四梨大街有感二首

一

古邑韩州喜气阗，秋高气爽艳阳天。
城乡筑就通天路，致富三农入美篇。

二

舍开公路谱华章，河畔昭苏稻谷香。
大道一通天地阔，英城百姓奔康庄。

出 境 游

他乡一旅趁闲游，满目青山恨不休。
割地送钱屈辱史，田林沃土付东流。

乡村风情

水岸渔家曲韵浓，交织管弦奏乐声。
靓男倩女倾情舞，莫忘家乡朗月明。

游 港 湾

军港游船破浪开，眼观战舰列成排。
海鸥展翅腾空舞，怒水惊涛问未来。

海畔戏水

洋畔名都多胜景，港湾佳处浪波平。
携朋聚友晨观海，追打浪花传逸情。

图们口岸

图们口岸帜高悬，重镇边陲卫国安。
江水滔滔流雅韵，塔楼耸立戍边关。

旅途思父

电话传音心半悬，每思家父盼平安。
华龄九秩不称少，也愿高堂寿比天。

获奖喜讯

秦皇故里喜音传，九秩人生获奖篇。
松竹精神昭日月，笔耕不辍度余年。

【题解】

2008年8月26日，时年九十二岁的老父亲参加了故乡举办的“秦港杯”秦皇岛全国诗书画大赛，喜获二等奖有感而发。

次韵力田兄《别词》

小别吟坛动众心，品行风骨鉴真金。
巴山蜀水春光美，莫忘家乡雅韵琴。

鹭　岛

湖光山色林繁茂，鹭鸟盘旋筑爱巢。
绿岛若无环境好，哪来远客落松辽。

阜康酒业

松辽腹地嵌明珠，酒业阜康华夏殊。
科技创新严管理，名扬四海绘新图。

四环药业

合作共享新理念，四环制药展新篇。
港商内地奇联手，效益惊人喜报传。

山　城　镇

悠久山城史冠名，商帆直挂济苍生。
千年风雨岿然立，盛世黎元颂太平。

梅河大桥

天琴高奏夜长龙，绚丽华灯泛彩虹。
滚滚江河腾浪过，风光旖旎傲苍穹。

辉发河景观

仙葩阆苑影婆娑，翠柳曲桥景色多。
最是高楼拔地起，万家温暖颂祥和。

长兴岛海滨游泳

头枕波涛望碧空，连绵思绪意无穷。
男儿有志文坛勇，待看苍穹贯彩虹。

有感李文朝会长题贺《四平诗词》二首①

一

将军泼墨气恢宏，雅韵雄风壮锦城。
赠与流红鏖战地，催芳润玉放新声。

二

京华健笔赐华章，情寄松辽雅韵长。
借力好风拂大地，骚坛锦帜向朝阳。

【注释】

①李文朝：少将，中华诗词学会常务副会长(社团法人)、《中华诗词》杂志社社长。题词：雅韵雄风 。

有感岳琦会长题写刊名

诗林泰斗写刊名，望重仁贤赋雅情。
笃意尽吟佳丽句，绘描桑梓荡吟旌。

有感四平市诗词学会会刊更名

诗随时运日趋新，崛起英城变化真。
送暖东风融大地，何愁健笔不生春。

【题解】

四平市诗词学会会刊原为《四平诗刊》现更名为《四平诗词》。

酬陈志挚友岭城赋诗二首[①]

一

愚兄华发忆犹新，宦海无求弄笔勤。
雅赋麻棋观逝水，看轻名利做闲人。

二

岁月无情心未老，畅游韵海雅吟勤。
绘描桑梓松辽水，愿做英城泼墨人。

【注释】

①陈志：共事多年挚友，现为公主岭市食药监局局长。

附，赞玉璞数载笔耕不辍：

明知岁月催人老，精求诗进笔耕勤。
但凭诸事随流水，唯有华章留后人。

有感诗人单连照四平寻亲诗三首

一

七秩寻亲临四平，眸含热泪叙真情。
一生戎马酬家国，霜鬓习文雅韵红。

二

吟朋天下绽奇葩，交友何须到海涯。
千里寻亲犹责重，诗缘陌路焕丹霞。

三

毗邻半岛起硝烟，有为青年谱壮篇。
矢志桑榆寻舅父，人间大爱喜团圆。

【题解】

安徽省安庆市参加过抗美援朝战争的离休老干部、诗人、作家单连照老先生日前来到我市，通过四平市诗词学会寻找到了失散七十余年的亲属，有感而发，赋诗三首。

附，单连照原玉《谢四平市诗词学会会长张玉璞》：

一

玉璞诗人住四平，未曾谋面已心通。
世间唯有真情在，万里长空贯彩虹。

二

寻舅多年未悦声，传书玉璞送深情。
相逢陌路未曾见，挚义真情赛弟兄。

曹雪芹故居感怀二首

一

郁郁西山映碧霞，青灯旧舍几人家。
辛酸苦泪凝行里，一部奇书世代华。

二

繁华散尽归乡里，方几茶盘伴暮霞。
写尽人间好了事，红楼波涌到天涯。

2013年国庆佳音

秋丰仓廪喜音多，国盛民康共唱和。
昨莅春城遥寄送，天宫载我祝君歌。

梨花三载[①]

韵结梨花次第开，田畴滴翠喜开怀。
满园硕果历三载，大纛凌空雅赋来。

【注释】

①三载：意指梨树诗词楹联协会成立三周年。

最美女教师张丽莉二首

一

生死关头一线牵，救援学子百花妍。
若无大爱心灵美，哪有舍身瑰丽篇。

二

平凡岗位惊天举，惨烈身躯泪水涟。
院士主刀为大爱，弘扬正气百花鲜。

广州“托举哥”

岭南童稚临穷境，楚地男儿勇气生。
快步攀爬伸救手，托来花朵不留名。

时代楷模

榜样花鲜举世惊，神州沃土楷模生。
助人行善千年史，扬我中华品德荣。

赞四平九洲集团三首

一、基地新貌

厂区别致美欧风，蓝瓦青砖异域宫。
锦簇花团迎远客，名扬禹甸业兴隆。

二、东域生机

孤陋鲜闻暗自奇，英城东域志何移。
明珠新企惊寰宇，光电神州举帜旗。

三、时代弄潮儿[①]

引领潮头一俊生，九洲伟业满堂情。
高峰最是英贤立，佳企关东扬美名。

【注释】

①时代弄潮儿：指九洲集团董事长邹平生。

东汤洗温泉

凤城仲夏洗温泉，小镇东汤翠绿妍。
满目青山呈画卷，沟塘浊水恼人烦。

二女儿北京面试

夏日风情亦快哉，女儿面试占头排。
京华夙愿终成果，展望前程锦绣来。

端午激情

端午京城喜满胸，粽香飘荡丽街中。
缘何佳节浓情烈，二女应招福路通。

龙年赠友

兔去龙腾岁序新，京华千里赠情真。
吟朋新作播春晚，喜见词坛破浪人。

观敦化金鼎大佛

海东盛国放霞光，祖地龙兴映世昌。
金鼎赐来祥瑞至，边陲圣地福音长。

红　海　滩

久闻塞北有奇观，冒雨踏临红海滩。
万亩碱蓬铺锦绣，丹霞泻地映云天。

碱　蓬　草

积淀滩涂生翅草，色妍惊艳喜眉梢。
大千丽景无人种，铺展红涛万里遥。

芦　苇　荡

茫茫芦荡随风摆，游艇穿梭破浪开。
身置苇涛人入画，无穷丽景水中来。

悼念冼天沙诗友

寒风刺骨鹤哀鸣，噩耗音传韵友惊。
本是骚坛一巨匠，缘何无语向西行。

春游二龙湖五首

一

松辽腹地二龙湖，塞北闻名华夏殊。
两岸青山相对峙，双龙腾越欲吞珠。

二

潋滟湖光春意盛，青山萌翠旧呈新。
疾行游艇翻微浪，鹭鸟低旋未见痕。

三

游人清景寓新春，远望蓝黄分未匀。
天赐一湖清澈水，润禾发电惠黎民。

四

湖畔僧人正放生，佛家怜悯寄痴情。
人间但愿无邪恶，舜日尧天永太平。

五

春宵喜聚二龙山，挚友举盅心自欢。
草草杯盘增雅趣，绵绵细语话当年。

整修街路

昔时坑路几经修，漫步街头黎庶愁。

众赞公仆今日好，英城变化上层楼。

暖窗工程

破窗临路声音吵，夏热冬凉怨火烧。
改换暖窗呈丽貌，街谈巷议喜眉梢。

吉春集团大清鹿苑二首

一

白山金脉黄金熠，育鹿群山锦绣堆。
一品梅花传海内，大清鹿苑业生辉。

二

先秦育鹿始先河，传至大清良种多。
瑞气祥光临福地，吉春伟业写新歌。

吉春集团好带头人

放眼东山紫气来，吉春拓业百花开。
潮头最是达贤立，风采无边锦绣裁。

霍家店掠影四首

一、采摘园

田蔬滴翠果满园，摘采吟朋笑语喧。
双手裁来收获景，夕辉霞抹客流连。

二、游泳池

日泻柳丝如碧澜，湖光波涌鹭回旋。
不来搏浪追风者，怎可凌云写大千。

三、垂钓园

水光潋滟暖风轻，湖畔方台垂钓行。
着意抛竿皆喜讯，金鲢跳跃满湖情。

四、生态园

园林一睹绣成堆，椰树芭蕉绿意飞。
瀑布垂帘织壮景，春光满目尽朝晖。

贺神舟十号飞船发射成功二首

一

飞船端午写华章，揽月苍穹国耀光。
浩宇航天拓新邑，神州从此更辉煌。

二

烈焰腾空绚丽篇，神舟火箭入蓝天。
身承华夏复兴梦，定叫星空皓月圆。

贺赵丽萍陈家店省诗词大赛获奖

初夏黄龙传喜讯，吟旌一面占鳌头。
精工雅律诗朋赞，辽畔清音滚滚流。

参观伊通满族博物馆

仲夏伊通韵友行，参观民馆寄深情。
千年积淀辉煌史，萨满人文彰赫名。

乘坐动车组

动车偶乘客怡然，世界通行向九天。
崛起中华新变化，炎黄后代比神仙。

老　　舅[1]

三尺讲台育栋梁，飘香翰墨美名扬。

乡间八秩献肝胆，雅号先生舅正当。

【注释】

①老舅：雅号“三先生”，擅长书法、诗文。昌黎县绕弯西村小学原校长。

菊　　妹[①]

穷乡执教三十载，奉献青春驱雾霾。
为使孩童圆绮梦，呕心沥血展胸怀。

【注释】

①菊妹：现任绕弯中心小学校长，小学高级教师。

孙　中　山

推翻帝制求共和，辛亥年间壮举多。
最是先贤孙总统，乾坤扭转拓先河。

秋　　瑾

英贤肝胆纳天涯，义举共和迎彩霞。
丹忱首赞同盟会，洒抛禹甸绽黄花。

汶川地震震区掠影八首

一、十五勇士

茂县灾区音讯断，伞兵空降写遗言。
粉身碎骨何存惧，愿为人民献胆肝。

二、白衣天使

白衣天使爱心驰，拯救生灵创世奇。
接骨扶伤驱病患，高明医术死神离。

三、谭千秋老师

大震袭来人恐慌，山摇地动躲无藏。
最先想到帮高足，英勇捐躯百世扬。

四、人民解放军

震情十万心如火，徒步翻山脚泡磨。
战士将军齐上阵，舍生忘死杰雄多。

五、舍母救民的好军人

人世真情存母爱，男儿七尺泪潸来。
如山军令无从改，娘舍救民天地哀。

六、悼遇难机组

高山郁郁苍松翠，林海深深泪雨飞。
抢险专机惨遭难，妻儿每日盼君归。

七、堰塞湖排险

地震形成堰塞湖，坝松水涨险情出。
中枢号令如山倒，湖道疏通绘锦图。

八、万栋板房

板房万栋冲天起，对口支援献震区。
若待三年重建后，巴山面貌世间殊。

质量是生命

家家祈盼优良品，百姓要求上层楼。
企创名牌争创立，真抓实干立潮头。

闻加强“液态奶”监管有感

千百婴儿泣汝阳，坑人奶粉酿灾殃。
而今严管液态奶，定叫黎民体魄强。

鸟　巢

鸟巢奇迹满天娇，世界堪称水准高。
材质精良凭力作，中华锦绣逞英豪。

水 立 方

晶莹剔透泛蓝光，神往心驰水立方。
巧妙构思堪盖世，神州绝技美名扬。

和诗友新建韵清明偶成

桑梓春时万里晴，嫩芽破土鸟鸣声。
三湘客舍亲朋意，塞北江南庆共赢。

附，诗友南新建原诗《清明偶作》：

连绵春雨待天晴，漫撒南窗细入声。
客榻湘沙思塞北，谁斟酒水几圈赢。

赞协和医院张冠南医生

青年才俊京华立，业务精纯每占先。
待患如宾声望远，旗标医界写佳篇。

赞协和医院护士赵纳

动似春风笑似花，倾情医护众人夸。
品行端正昭明月，一点初心寄彩霞。

看交警指挥有感

挺胸挥臂曳长风，南北西东路路通。
凡事一经多引导，行遵轨道易成功。

院 花 香

谁家奇卉满园栽，各秉芳姿径自开。
一院花香盛不下，频频飘过对街来。

好友相逢

好友相逢乐趣多，忽来雅兴戏牌歌。
老妻不解人心意，笑问输赢有几何。

风 筝

虽凭双翼可腾空，欲上还须乘好风。
倘若全然无外力，一身难以傲苍穹。

假　花

蕊无雅韵叶无神，排列台前可乱真。
堪笑世风兴诈取，纵然是假也迷人。

寻　春

丽日融融雪渐消，风寒不再扰枝梢。
寻春欲问溪边柳，移步姗姗过小桥。

游　鱼

戏水推波乐可知，优游盼有化龙时。
可怜一旦贪香饵，命殒餐中悔恨迟！

鸡　蛋

腹内深藏月一轮，佐餐每每立功勋。
珠圆玉润难称宝，莫要贪多方健身。

细　藤

软软长伸不若松，自身无力叶常丰。
只缘曲意攀高物，竟也相随到顶峰。

咏豪华公厕

碧瓦青砖粉饰墙，招牌惹眼放毫光。
可怜貌似庄严殿，竟是藏污纳秽堂。

行车琐记

争赶潮流势未停，经年负重驭风行。
遵规守纪无他虑，最怕人间路不平。

游子吟

窗前辉映路灯光，一望街衢梦正长。
多少游人昏夜里，归途每日用心量。

报　春

因无好句报春光，特剪青枝入画堂。
相对虽难交一语，犹能佐酒尽三觞。

垂钓客

笔似钓竿心若初，盛名之下总无虚。
河边竟日垂丝线，其意原来不在鱼。

闲　咏

浮生何必枉劳神，贵在诗心不染尘。
毁誉权当风过耳，桃花流水两宜人。

咏　柳

不似群芳笑媚人，任其独占一时春。
历经风雨情无改，回看花枝已作尘。

亭　榭

翼然覆蔽可藏羞，时有骚人雅客留。
一自欧阳施妙笔，纵无彩饰也风流。

廊　桥

躬身俯视水湍湍，时引游人倚护栏。
一点虔诚托两岸，牵缘陌路益情欢。

岸　柳

湖边伫立不知年，沐雨临霜挺益坚。
为报春风涂翠色，垂条尝钓水中天。

池　花

叶衬娇柔蕊沁芳，时遭蜂蝶窃余香。
自身岂有招摇意？叵耐尘寰多色郎。

花　径

昨宵花径遇情郎，软语娇声滴韵长。
一夜风流飘未尽，清晨犹自有余香。

广　场

前挽楼台后倚林，载歌载舞载清音。
开怀喜纳休闲趣，一任骚人唱古今。

望　湖

风烟不作浪无惊，万里云天秀画屏。
可叹人生多少事，心湖难似水波平。

追　忆

宦海归来岂忘身？牵情常忆那年春。
屏前有幸逢佳丽，从此梦中多一人。

遣　怀

生逢盛世性何悭？尽把情怀寄远山。
挽绿留红春不老，诗柔岂是笔头弯？

憾　事

属意青山未计旬，何愁妙笔不传神。
此身惟恨生来晚，难做文君梦里人。

行　吟

临屏赏句日求新，更望诗心不染尘。
漫道金钱能益趣，应知笔墨可荣身。

闲　咏

宦海沉迷莫望新，功名簿上屡蒙尘。
何如执笔吟诗赋，绝胜无聊困此身。

秋　感

仓满杯盈庆好秋，张灯煮酒话源头。
若非盛世推新策，哪得春风频入楼？

追　忆

花下斟来酒一壶，擎杯欲饮忆当初。
邻家小女今何在，可记庭前戏结庐？

闲吟四首

一

安求好句慰相知，最是伤心望月时。
醉饮三更求自解，却将惆怅入新诗。

二

犹记当年柳下盟，冰心空蕴许多情。
哪堪笔下无佳句，一点虔诚难自明。

三

百味人生岂望同，酸甜苦辣一杯中。
传情有待凭佳咏，何计东南西北风。

四

擎杯不敢忆从前，寂寞人生未计年，
笔下无凭难寄意，诗心枉自慕先贤。

无 题

生当浊世任浮沉，只恋诗词不问金。
入眼繁华难动念，花开花谢始留心。

爱 犬

推车暖脚日随身，不畏饥寒不畏贫。
一世忠贞思报主，红尘愧煞负心人。

夜 思

三更困意未临身，独遣诗心报月轮。
对面谁家灯尚亮，想来还有不眠人。

春 色

莫怪姗姗脚步迟，去来一向不违时。

留情今岁知多少，可问溪边杨柳枝。

春　风

携云带雨走千山，染绿涂红若等闲。
为助诗人驰妙笔，普施大爱向尘寰。

春　柳

不屑芳园争艳丽，安于林苑钓春光。
为求入韵传诗话，肯向东风借绿装。

春　雨

藏形蓄势隐长空，不到春时不运功。
一旦东君发请柬，涤尘润物洗新红。

春　路

寒锁霜侵冷一冬，封冰常致少行踪。
而今残雪消融尽，南北西东路路通。

田　畴

冰消雪化物蒙新，盛世欣逢天下春。
日暖田畴思报效，渐松渐软渐宜人。

春　溪

寒锁心门未擅开，坚冰冷雪日相偎。
东风吹醒桃花梦，流韵全凭春做媒。

梦里春溪

东风昨夜报春踪，道是溪边雪尽融。
梦里依稀随去看，眼前似见水淙淙。

亭　台

寒锁雕栏雾掩尘，冬来寂寂少游人。
始知往日逡巡者，不恋亭台为赏春。

春日遣兴

遣兴怡情趁好春，山清水秀最宜人。
红尘琐事多烦恼，唯有新诗可去尘。

闲　吟

曼舞琼花日造门，乐偕一笔度晨昏。
行吟扫尽消沉意，日咏新诗洗旧痕。

观舞随感

翩翩舞步伴欢歌，释放激情得趣多。
快意人生求自遣，纵无称许又如何。

留　芳

一夜东风送雨来，小城处处杏花开。
行街犹恐芳菲尽，折段新枝诗里栽。

悯　农

安得长河水一湾，为怜农户渡难关。
东风更助犁牛力，好梦成于垄亩间。

夜　归

和风摇翠柳，月影透纱帏。
启户方探看，华灯照客归。

看某城郊开发随感

杀鸡取蛋事荒唐，酒肉充肠何用粮?
致富为求收效快，毁田万顷种楼房。

折　枝

闲行柳下沐朝霞，手扯新枝数绿芽。
犹有童心君莫笑，欲邀春色带回家。

闲　吟

不求称许不图钱，走笔惟期会有缘。
好句如斟花下酒，自吟自赏亦欣然。

自　遣

浮名显位尽虚空，唯有诗心可望同。
快意人生求自遣，红尘百事笑谈中。

会　友

相逢宴上莫嘘寒，宜遣激情付笔端。
诗里若无奇丽句，餐中应耻对杯盘。

嘉　会

口味从来就特殊，缘何今日尽由厨？
相逢畅饮开心酒，何计珍馐有或无。

相　　逢

倾情尽在此杯中，难得生平志趣同。
畅意先求一醉好，再凭妙笔绘新红。

自得其乐

身兼圣手可摹碑，莫负平生快意时。
但得诗心能化蝶，欣欣何必使人知？

月　　下

月下擎杯坐小亭，诗心待遣问苍溟。
鸣蛙似解人心意，时奏高歌动我听。

挽　　春

春归花事恨难留，欲挽新红无处求。
思寄华笺难得句，一帘梦影共谁收。

奖金到卡随感

应征侥幸获千金，不枉生平志苦吟。
纵使难赊三日醉，亦能少慰爱诗心。

端阳有寄

也思留句赞风流，犹恐情浓笔不收。
一咏惊风掀巨浪，汨罗江上阻龙舟。

卷三　词、曲

如梦令·恭贺新春

塞北寒梅枝俏，火树银花争耀。放眼望神州，华夏万家春到。春到，春到，盛世水欢民笑。

如梦令·除夕夜漫步

欣观英城夜幕，璀璨星光无数。尽道瑞年丰，佳节车流如注。留步，留步，烟花盛开千树。

如梦令·庚寅春节

箫鼓瑟琴同奏，焰火春联送旧。看紫气东来，海内万家添寿。添寿，添寿，伟业锦图增秀。

浣溪沙·英城灯会

夜幕泛光银瀑流，琼枝靓景映层楼，华灯争放乐回眸。　　工贸攀升源好政，“三农”巨变赖筹谋。颂歌一路万民讴。

浣溪沙·英城元宵灯会

桑梓上元灯市开，奇葩阆苑暗香来，斑斓夜色巧安排。　翘楚贤君齐赞赏，老夫童稚乐开怀。嫣红喜上美人腮。

浣溪沙·南湖红船

长夜茫茫寻曙光，英贤聚义桂花香，嘉兴红船载朝阳。　唤起工农摧故垒，力挽乾坤谱新章。神州从此写辉煌。

浣溪沙·秋收起义

湘赣边区响震雷，秋收起义大旗挥，夺权分地众心归。　敌寇凶狂施诡计，工农睿智壮军威。井冈翠岭放光辉。

浣溪沙·长征

气壮山河举世惊，铁流万里向西行，开天辟地始长征。　草地雪山排万险，索桥赤水纵奇兵。会师陕北太阳升。

浣溪沙·解放南京

天堑曾闻筑炮台，千帆竞渡荡阴霾，雄师百万过江来。　蒋氏王朝终覆灭，红旗新政继开来。欣迎解放乐萦怀。

浣溪沙·开国大典

礼炮轰鸣震五洲，国旗升举泪花流，中华崛起壮心酬。　领袖运筹开画卷，军民阔步跨层楼。普天同庆亿人讴。

浣溪沙·吟旌独树

风雅群儒写大千，弘扬国粹任担肩，吟旌独树史无前。　开放神州扬韵帜，腾飞桑梓展华笺。绘描巨变倍争妍。

浣溪沙·贺《辽畔吟旌》论坛正式开版

花丽骚坛映日开，吟旌网海破空来，神州变化入胸怀。　文颂白山歌盛世，律扬辽水逐阴霾。唐风宋韵又登台。

浣溪沙·英城巨变①

崛起新城也壮哉，东来紫气路铺开，仙葩阆苑绘亭台。　电掣风驰行路畅，政通人瑞笑颜催。无穷丽色入胸怀。

【注释】

①英城：解放战争期间“四战四平”名扬中外，四平素有“英雄城”之美誉。

浣溪沙·贺吉林师大诗会成立

品古雅朋焕彩霞，关东名校绽奇葩，吟坛喜讯到天涯。　国粹弘扬黎庶赞，诗词光大众贤夸。传承薪火耀中华。

浣溪沙·结社

结社名庠也快哉，群贤荟萃赞诗来，清词丽句巧安排。　文颂五洲歌烂漫，韵承四海荡尘埃。欣逢盛世百花开。

浣溪沙·梅津诗会

稻映菁沙布广畴，春风拂面鸟啁啾，梅津盛会韵枝虬。　诗海遨游铭史册，文坛驰骋竞风流。耕耘过后必丰收。

浣溪沙·谒东北局会议旧址

简朴陋室透束光，运筹帷幄志昂扬，梅津会议史流芳。　洒血关东留伟绩，攻坚塞北业隆昌。新城巨变铸辉煌。

浣溪沙·赞梅河中心医院

塞北闻名自壮哉！学科俱进巧安排，晋升三甲绽花开。　济世杏林多妙手，崇仁医界少阴霾。梅津黎庶乐开怀。

浣溪沙·陈家店村

昔日贫穷落后村，民群上访债堆门，前途暗淡渡艰辛。　社靠党恩开伟业，户凭新政壮农人。丰登五谷业芳芬。

浣溪沙·乡村新貌

翠柳梧桐街路排，黄花芍药向阳开，阁楼亭榭入眸来。　数亩绿茵观锦绣，一泓碧水钓鱼台。无穷丽色畅胸怀。

浣溪沙·专业合作

连片畦棚靠略谋，蘑菇虫草一望收，农机耕种喜无忧。　稻菽波涛腾细浪，牛羊结队过田畴。新村砥砺在神州。

浣溪沙·赞四平中心医院

业秀医林自壮哉，黎元国政赞频来，是为民众逐阴霾。　桑梓率先晋三甲，学科俱进站头排。领航盛举展情怀。

浣溪沙·赞唐立峰院长

受命临危展略韬，甘为黎庶树高标，鳌头独占帜旗飘。　矢志不渝办名院，同心勠力显英豪。神州骄子挽狂飙。

浣溪沙·医疗楷模黄云飞

妙手杏林获誉荣，英城无处不传名，为民奉献寓深情。　微创艺精扬塞北，肛肠手术震英城，扶伤拔苦楷模生。

浣溪沙·辉煌名院[1]

解放辉光壮四平，首家医院应时生，英城史册载佳名。　妙手精诚集雅萃，悬壶济世展新容，称雄禹甸志凌空。

【注释】

①名院：四平市第一人民医院。

浣溪沙·丹东行

鸭绿江边嵌一珠，名传众口宇寰殊，边陲重镇展宏图。　甲午风云留史迹，鸭江鏖战写丹书，古城崛起路通途。

浣溪沙·凤城采风

古地山城百卉开，千红万紫采风来，夕晖掩映壮高台。　云海松涛收眼底，青山碧水入胸怀，无穷秀色巧安排。

浣溪沙·赞铁东教育

教育东区写锦章，栽培桃李业犹香，大旗独树美名扬。　群雁高飞头雁领，督师拔萃练师强，率军协作铸辉煌。

浣溪沙·赞母校四平市第一实验小学

母校怀萦思绪长，春秋八秩史留芳，关东赢得大旗扬。　　桃李满园结硕果，菁华列榜耀城乡，名庠一代业芬芳。

浣溪沙·金秋良缘

放眼田畴麦浪翻，长空万里妙音传，春辉赵媞结良缘。　　胜友如云沾喜气，新人似蜜露佳颜，良辰吉日壮丰年。

【题解】

金秋良缘：指表侄宋春辉新婚之喜。表侄系驻四平空军某部副团职干部。

浣溪沙·赞2011年世界卫生日

关爱健康福寿来，春光旖旎巧安排，如潮歌瀑绽花开。　　济世杏林多妙手，崇仁医界少阴霾，普天黎庶乐开怀。

鹧鸪天·春游辽宁千山祖越寺

傍水依山历苦辛，谁人悟得海潮音。此方胜迹千秋在，几代仁皇一度巡。　　求佑福，报天恩。虔诚信众上香勤。但求寰宇无邪恶，朗朗乾坤总是春。

鹧鸪天·吉林松花湖

浩渺烟波也壮哉，水光山色入眸来。白帆映日湖掀浪，翠叶呈新雨逐霾。　如画舫，似瑶台。坝堤高耸拓胸怀。阆苑仙葩梦中景，韵友诗花笔底开。

鹧鸪天·解放一江山空战纪念

矫健身形魂梦牵，辉煌战绩写书丹。江山留得英雄迹，辽水宏开壮丽篇。　披赤胆，卫蓝天。银鹰展翅更无前。北疆共举宏图业，富国强军美誉传。

鹧鸪天·2017国际军事飞镖比赛

八月骄阳映绿茵，银鹰展翅聚军魂。昔时绞杀凭肝胆，今日飞镖靠技真。　行万里，力千钧。提升战力苦耕耘。雄师正义扬天下，愿为蓝天织锦云。

鹧鸪天·清明祭祀

每到清明欲断魂，追思先辈泪纷纷。春秋重耳轶闻在①，今日后昆贤德存。　沿足迹，护芳茵。春时华夏绿氤氲。文明祭祀增环保，绿水青山佑子孙。

【注释】

①重耳：晋文公，春秋时期五霸之一。传说清明节是他定的。

鹧鸪天·2014年国庆漫步天安门广场

雄伟城楼耀眼光，旌旗猎猎曲悠扬。千年华表耸天立，五彩花篮溢远香。　思旧恨，写恒昌。神州百载湛风霜。军民共铸中华梦，放眼宇寰绘锦章。

鹧鸪天·贺中共十八届三中全会胜利召开

全会三中焕彩霞，春风浩荡到天涯。倡廉反腐民心顺，开放改革丽景佳。　追绮梦，振中华。功成大业世人夸。前程似锦凝心力，禹甸城乡处处花。

鹧鸪天·铁西区首届风筝文化节

初夏时光景色新，万条翠柳喜游人。老夫泼墨挥椽笔，童稚吟诗亮丽音。　歌盛世，慰英魂，名城伟业定成真。水光潋滟晴方好，梦想放飞四季春。

鹧鸪天·关东老毕兄嫂桑梓祭扫有感

莫忘鹤城盛宴茶，今来祭奠早还家。青春大漠献肝胆，晚岁边陲绽丽葩。　　思故土，看朝霞，爹娘坟地献鲜花。树高千尺根为本，放眼英城感物华。

【题解】

关东老毕兄嫂1965年大学毕业后响应组织号召到白城支边定居至今。毕兄历任白城市教育局、文体局局长等职务。四平诗词学会到白城采风时受到热情款待。清明节回乡祭扫，席间有感而发。

鹧鸪天·赞司法工作

利剑高悬警盾篇，道义伸张为民安。存真辨伪从微处，保驾护航赖众贤。　　功入史，业流丹，驱霾拨雾焕蓝天。律规法理行天下，永葆神州尧舜年。

鹧鸪天·贺四平市司法局乔迁

桑梓西城焕彩霞，高楼拔地展奇葩。伸张正义关黎庶，惩恶涤污为国家。　　扬善美，振中华。昔时佳绩不须夸。乔迁助力层楼上，司法催开艳丽花。

鹧鸪天·悼耐寂兄[1]

噩耗传来故里惊，灿星陨落向西行。松辽有意悲游子，诗阵留痕悼友情。　　思去日，续来生。风流一代话峥嵘。“绿萝”雅句今安在，桑梓吟坛泪雨倾。

【注释】

①耐寂兄：吉林省诗词学会副会长翟志国。

鹧鸪天·四梨新街抒怀

大美英城焕彩霞，通车喜讯到天涯。同仁争赞中枢好，群众齐歌政策佳。　　逢盛事，话桑麻。庶黎翘首把街夸。心凝众志排千险，致富“三农”绽丽花。

鹧鸪天·贺四平药检所四十周年华诞

四秩春秋绽丽花，药监史册放光华。心牵社稷人康泰，情系黎民爱叠加。　　行有轨，路无涯。英城检所业功佳。常思去日攀升史，追梦征程焕彩霞。

鹧鸪天·四秩辉煌路

一路征程汇雅章，年轮四秩百花香。爱民敬业关家国，惩假驱污利众康。　　情炽热，路迷茫。千群勠力业隆昌。为民职责肩担任，拓业创新锦帜扬。

鹧鸪天·贺伊通满族自治县成立二十周年

自治由来二秩年，孤山辽水尽开颜。牧农一路催发展，县域八方闻凯旋。　　歌盛世，续新篇。七星宝地艳阳天。华夏子孙同心力，喜看今时建乐园。

鹧鸪天·姐弟妹甲午夏初访故里

甲午欣逢处处花，寻根访祖伴芳华。柳枝闻讯迎风舞，菊妹迎亲到舅家。　　思岁月，话桑麻。穷乡巨变惹人夸。频斟水酒亲情在，华发苍颜也焕霞。

鹧鸪天·祖地忆父母

姐弟相约夙愿先，访寻祖地慰心安。堪思父母当年苦，莫忘家风世代传。　　观逝水，忆流年。人非物是绪思添。树高千尺家难忘，不懈攀登锦绣篇。

鹧鸪天·建军八十二周年有怀

枪响南昌震宇寰，武装革命势燎原。铲除旧制开新业，保卫中华护主权。　　排水患，保民安。舍身抗震勇争先。长城戍卫金汤固，卓著功勋史册篇。

鹧鸪天·贺四平2018年两会召开

塞北英城焕彩霞，聚焦两会绽奇葩。农村改革千家惠，商贸攀升众口夸。　　关大事，振中华。宇寰瞩目壮图佳。家园幸福民心向，好雨催开艳丽花。

鹧鸪天·长春胜春诗友来平采风

云淡天高秋日光，诗朋一路到家乡。田畴稻谷翻微浪，湖畔榆杨伴卉香。　　迎远客，诉衷肠。古城叶赫采风忙。韩州古韵由来久，文友连心情谊长。

鹧鸪天·贺山月《大地深情》诗集付梓

巾帼豪英气自横，山间秋月映天明。卌年诗阵传薪火，三尺书台获誉荣。　　追绮梦，献终生。唐风宋韵乐耘耕。纵然两鬓飞霜雪，一面吟旌大地擎。

鹧鸪天·贺铁西诗词学会演唱会

放眼山河景壮哉，时逢双节乐开怀。老夫童稚同声唱，翘楚工农共站台。　歌盛世，荡尘霾。鲜花八月向阳开。齐心喜筑中华梦，高举旌旗奔未来。

鹧鸪天·赞九月鲜花文艺演出

全会将开喜气阗，中秋国庆又相连。街谈巷议康庄道，虎跃龙腾绮梦篇。　迎盛世，奏和弦。东方骏马快加鞭。鲜花秋韵无穷丽，崛起中华立宇寰。

鹧鸪天·白山雪岭绽奇葩居玉芳

服务边陲育嫩芽，白山雪岭绽奇葩。走村入户风吹面，济困扶贫暖送家。　拼热血，展芳华。贴心百姓众人夸。为圆塞北康庄梦，奉献青春焕彩霞。

鹧鸪天·赞吉林大学白衣天使

天使白衣美誉扬，精勤不倦百花香。心装天职驱魔患，情系苍生傲雪霜。　心灿烂，绩芬芳。悬壶济世为民康。崇仁医界功千载，追梦征程绘锦章。

鹧鸪天·赞警界楷模崔光日

东域边陲焕彩霞，白山松水绽奇葩。预防犯罪为黎庶，疏导交通报国家。　　扬善美，显芳华。疏车除恶众民夸。缠身疾病诚无悔，一片丹忱展丽花。

【题解】

中共中央宣传部通过中央电视台“时代楷模发布厅”向全社会发布“时代楷模”——延边朝鲜族自治州汪清县公安局交警大队城区中队指导员崔光日的先进事迹。在录制现场，视频短片介绍了崔光日同志从警二十六年的点点滴滴，当看守警，他兢兢业业；当派出所民警，他爱民护民；做缉私警，他尽忠职守；做缉毒警，他英勇顽强；做交警，他忠诚敬业，尽管身患病症，崔光日依然坚守岗位。

临江仙·纪念四平解放七十周年

军史留名堪壮举，四平四战旗扬。牺牲将士永流芳。陵园埋先烈，大地挽花香。　　七秩春秋生巨变，松辽腹地荣光。五城连创写华章。明珠镶塞北，古邑展辉煌。

临江仙·秋谒塔子山

秋日塔山花海艳，丁香芍药金莲。红黄相衬色斑斓。白云飘玉带，彩卉映山巅。　　昔日英城鏖战史，硝烟弥漫峰峦。杀拼阻击史留丹 。先驱洒热血，后辈护芳园。

临江仙·贺《圆梦佳吟》付梓

锦帜桥西源雅苑，英城岁月荣光。贤君翘楚会一堂。吟旌旗共举，和韵意流长。　　霜鬓欢欣迎盛世，挥毫文化兴邦。社区琼殿尽辉煌。佳朋欣聚首，圆梦自倾觞。

临江仙·贺铁东诗社成立

东域英城传喜讯，新词大雅荣光。贤君翘楚聚康庄。吟坛呈壮彩，结社写华章。　　薪火传承春讯早，青山绿水花香。诗情画意业芬芳。心声书烂漫，史册铸辉煌。

临江仙·军营采风

滴翠时光临营帐，犹闻杀气冲天。崭新装备各争先。夏时担暑热，冬日练严寒。　　战友重温军旅业，忆来往事佳篇，金戈铁马梦魂牵。还思披铁甲，只为护青山。

临江仙·游四平山门水库

秋日闲暇来水库，一泓碧水行鹅。杏花山下起欢歌。湖中舟竞渡，岸畔自凝荷。　　六秩时光飞逝过，曾经挥汗篇多。肩抬人拽坝巍峨。英城多受益，壮志可平波。

临江仙·松原访亲

五秩春秋光似箭，苍颜衰态心坚。风华犹忆话当年。少年出俊校，学业谱新篇。　　气爽秋高亲眷聚，佳肴风味三餐。送迎陪伴爱相牵。查干湖水美，哈达岭峰妍。

临江仙·赞李连贵大饼

中外久传奇大饼，佳肴美味驰名。起源桑梓赠鲲鹏。百年牌屹立，薪火世传承。　　河北家贫来奉化[①]，苦心创业谋生。祖传秘笈蕴峥嵘。醇香长入口，沉醉自吟情。

【注释】

①奉化：梨树史称奉化。

临江仙·贺德臣《梦耀诗河》诗集付梓

戎马生涯功显赫，屡蒙嘉奖荣光。呼兰杰俊自刚强。从军增业绩，卫国赏花香。　　荣转英城忙缴税，诗词摄影华章。频登央视楷模堂。抒情诗健美，写律韵芬芳。

临江仙·贺四平教育高中组诗词大会

薪火传承华夏愿，雏鹰诗会争荣。有为学子举吟旌。雅风传故里，古韵展豪情。　　文采飞扬弘国粹，少年怀志攀登。赛台比艺客宾惊。书山同筑梦，词海共飞鹰。

临江仙·端午感怀

汨水滔滔流雅韵，贤良千古英豪。拯民爱国史声高。庶黎馨德品，社稷重担挑。　　竞渡龙舟思翘楚，离骚风卷狂飙。雄黄把盏夏华娇。忠魂飘锦帜，禹甸占云霄。

临江仙·叶赫东西两城遗址

初夏觅幽临古地，残垣芳草横生。犹闻铁骑踏边城，风驰刀剑响，垒断炮声鸣。　　逝去千年如一梦，过功史册分明。今逢盛世巨龙腾，东方迎曙色，古镇展欣荣。

临江仙·咏纳兰性德

武略文韬惊海内，天资聪颖豪英。广交落拓汉儒生，浮华当摒弃，渌水结深盟。　　饮水佳词扬四海，书丹史册留名。悼妻泣血笃深情，兰迷掀涌浪，浩荡举吟旌。

临江仙·纪念纳兰性德诞辰三百六十周年端午诗会感怀

清史回眸寻雅士，怅惘泪眼胡笳。婉妍清丽寄丹霞，功夫惊海内，词赋冠中华。　　哀感缠绵心闷苦，山川鱼鸟荷花。情深意笃绽奇葩，才高扬禹甸，足劲遍天涯。

临江仙·随领导京华筹办四平纳兰诗会

祖地纳兰扬国粹，中枢号令声高。传承薪火重担挑。京华行大雅，故里起琼涛。　　画意诗情桑梓美，无垠绿野松辽。沧桑叶赫景妖娆。开门佳客到，入镇韵旗飘。

临江仙·访纳兰家族祠堂

谒访纳兰来永泰，初临祭祖祠堂。古砖旧瓦破围墙。历经三百载，矗立四时霜。　　一代英豪名禹甸，佳词世代荣光。书丹史册总闻香。词章频耀世，雅韵更流芳。

临江仙·赠海淀上庄纳兰纪念馆馆长宝军友

暑夏只身寻古迹，上庄藏馆流连。京华一望展千年，清初存雅赋，近代有佳篇。　　曾是鲁班门下客，精勤励志深研。为扬国粹继芳兰，德高千户赞，品正万人传。

临江仙·八方韵友盛会咏纳兰

盛世纳兰研讨会，八方韵友来平。群贤词作送金声。关东扬国粹，辽水寄深情。　　文化融合关大业，神州挽臂争荣。传承薪火举吟旌，兰风行古域，国粹有佳名。

临江仙·赞叶赫纳兰祖地行诗词研讨会

丽句妙章出叶赫，时逢盛会妖娆。纳兰祖地韵旗飘。家乡存美誉，禹甸展英豪。　　饮水佳词传百代，古今赞赏声高。真情流露入云霄。清风凝大雅，史册续天骄。

临江仙·喜迎新春

街巷彩灯高挂起，霓虹闪烁晶莹。诚如耳畔炮鞭声。尧天迎岁首，赤子惜乡情。　　仓廪秋盈丰登日，英城百业攀升。三阳开泰踏新程。干群同筑梦，家国共挥旌。

临江仙·2014年秋京城见赠连元挚友[1]

秋日京华寻挚友，天高气爽花妍。昔时交往胜金兰。疾风知劲草，品正效先贤。　　伟业筹谋施大略，吉烟品誉峰巅。是非功过任评宣，英城留巨笔，史册写鸿篇。

【注释】

①连元：四平卷烟厂原厂长崔连元。全国五一劳动奖章获得者，省市著名企业家。

临江仙·三秩赴晋故友小聚

当年晋阳留炫彩，寻方救企荣光。呕心沥血为家乡。开源出效绩，拓业铸辉煌。　　胜友鬓斑思去日，龙城轶趣花香。青年翘楚业芬芳。十年驱浊雾，一路写华章。

【题解】

1982年春，我三十一周岁时，经四平市委常委会讨论，任命我为四平卷烟厂党委委员、副厂长。分管企业生产工作。为了振兴企业，提高产品质量和效益，考虑到本省及邻省企业的竞争问题，经研究决定由我送十多名员工去山西太原卷烟厂学习。岁月如梭，时至今日已过去三十六年了。故友相聚，百感万千偶成。青年翘楚，指四平卷烟厂党委副书记马英林，是当年学习小组成员之一。

临江仙·赞黑龙江优秀女法官梁智博

时代楷模新一线，龙江大庆花香。驱霾拨雾为民康。法台宣正义，铮骨写华章。　　心系民生扬正气，案繁任重荣光。情深理透翠芬芳，征程追绮梦，大业著辉煌。

临江仙·赞辽宁大梨树村楷模书记毛丰美

海畔凤城忠职守，无私敢谏亲民。山村代表想驱贫。解困宏大业，消税绿无垠。　　僻壤穷乡增锦绣，果蔬琼景艰辛。征程不忘领头人。辽东追绮梦，桑梓赋新春。

临江仙·赞辽源铁面法官王宝富

正气一身担道义，法台黎庶常夸。肩承使命焕丹霞。病魔何所惧，岗位众相夸。　　暮鼓晨钟常自律，清贫相伴无瑕。如山执法走天涯。为圆强国梦，沥血献春华。

临江仙·赞辽宁新时代“愚公”刘向钦

浴血太行留伟绩，驱倭灭敌荣光。退休筑路谱华章。党心连百姓，岁暮写千章。　　时代“愚公”享美誉，无私奉献图强。万千好事口碑香。功勋众传佳，桑梓史流芳。

临江仙·吉春药业

余脉白山开药业，规模效益攀升。为民驱病蕴真情，倾心做好药，勠力创佳名。　　企业品牌多似锦，良方工艺堪精。闻名遐迩获殊荣。腾飞扬靓采，追梦举旗旌。

临江仙·海军巾帼榜样梁芳

威武水军添女将，天资聪颖豪英。攻防博弈显峥嵘。著书关实战，授课讲奇兵。　　解码军情还历史，赢来兵将夸声。匪倭顽敌渐消声。强军圆国梦，率众举龙旌。

临江仙·赞吉林大学饮食服务中心

名校中华堪表率，开源节俭身康。校园小事也芬芳。远程积跬步，万里写华章。　　勤奋自强优品见，配餐精细闻香。光盘行动惜膏粱。青年怀远志，大业铸辉煌。

青玉案·一马树森林公园

草原晴翠鸢低舞，壮图丽，传奇处。惊现公园一马树。泉流云动，鹿鸣凤舞，阆苑仙葩布。　　荒原大漠艰辛路，林海茫茫鹤愁渡。优势资源凭凤翥。创新宏业，种新良亩，追梦不停步。

青玉案·中秋夜接二女儿自京返平

中秋街市华灯布，巷披彩，花千树。思绪万千全不顾。眸盯出口，耳闻呼处，唯恐儿停步。　　京都谋业常霾雾，事业初成度朝暮。散聚悲欢无定数。每思儿累，每思儿苦，壮志风云路。

江城子·赞霍家店

韩州古镇焕春光，地飘香，美名扬。塞北新村，致富奔康庄。百企腾飞争奋起，谋大计，绘华章。　　当初困惑路迷茫，庶无粮，面焦黄，海选干部，崛起赖图强。僻壤穷乡生巨变，乡锦绣，业芬芳。

江城子·赞神农集团

英城锦帜看神农。业乘风，绩飘红。团队和谐，赤县展新容。理念核心为百姓，医到位，药暖冬。　　当年创业苦由衷。店初衷，怎兴隆？信用当头，赢得赞声同。风雨兼程奔富路，图伟业，立巅峰。

清平乐·贺伊通满族自治县成立二十周年

春阳初见，望处霞光现。五谷丰登黎庶赞，锦绣河山灿烂。　　纵观片片云生，七星落地争荣。盛世普天同庆，神州彰显英名。

清平乐·久常局长赴辽源局任职偶感

春光无限，喜讯风传遍。挚友升迁为众盼，事业之花烂漫。　　回首岁月峥嵘，同促药业攀升。肩负光荣使命，捷报频传煤城。

纪辽东·贺公主岭诗词学会成立二十周年

松辽腹地古信州，吟坛喜讯收。廿载春秋多力作，赋友驭飞舟。芳春日暖柳枝头，欣闻丽鸟啾。塞北新城流文韵，盛世展风流。

忆秦娥·元宵节思伊人

元宵节，京华梦断伊人别。伊人别，良缘天赐，两情相悦。　　夜空仰望风云月，一时回望音尘绝。音尘绝，满堂华彩，铁心相约。

渔家傲·寄父母

秋风瑟瑟心惆怅，辞行父母儿难忘。每念亲情掀巨浪，思绪长，家山千里新模样。　　浊酒一杯情激荡，壮心未酬常思量。唯愿老人身心爽，夕花放，鬓丝几缕精神旺。

南乡子·新中国六十华诞感赋

龙舞看东方，崛起人民气宇昂。百业宏猷呈壮彩，辉煌，盘古开天史最强。　　鏖战固金汤，后继前行暗夜长。灭蒋驱倭求解放，兴邦，古老中华赋锦章。

南乡子·贺中国共产党九十周年华诞

引领大潮头，如日中天伟绩留。血雨腥风稠岁月，悠悠。九秩红歌震五洲。　　盛世越层楼，百业兴隆万众讴。勠力同心拓富路，风流。崛起中华壮志酬。

浪淘沙·通榆印象

绿地建新城，生态先行。引洮入向史留名。构建三宜新产业[①]。锦帜高擎。　　创绩赖群英，困扰心盟。扶贫县域业无荣。开放改革谋伟业，勠力攀升。

【注释】

①三宜：宜居、宜业、宜游。

诉衷情·四平诗词学会成立三十周年座谈会

风云三秩荡松辽，大雅入云霄。骚坛梦断长白，诗苑起狂飙。　　行格律，汇英豪，韵旗飘。楷模争咏，性德常吟，最令人娇。

诉衷情·贺四平市诗词学会成立三十周年

高朋韵友喜音闻，三秩庆耕耘。词林佳作频涌，雅殿客如云。　　歌盛世，忆忠魂，业芳芬。旌旗引路，诗市弥珍，吟界逢春。

沁园春·欢庆党的十九大召开

永勒丰碑，华夏光辉，大业锦章。看大河上下，民安国泰，长城内外，物富军强。航母巡游，战机列阵，砥砺全军斗志昂。除霉菌，正倡廉反腐，旭日东方。　　当年风雨沧桑，红船会，神州迎曙光。忆仁人志士，抛颅厚土；狼倭敌匪，死处汪洋。推倒三山，建成家国，战地黄花分外香。旌旗奋，望复兴大业，一路辉煌。

水调歌头·纪念四平市诗词学会成立三十周年

宋韵唐风久，海内史河长。吟花辽畔，绽放华夏续荣光。三秩春秋锦绣，犹忆当年浅陋，文友念贤良。大纛曾高举，一路写华章。　　纳兰咏，楷模颂，志飞扬。传承薪火，蓝缕筚路业闻香。诗律相连国运，平仄频敲美瑾，不辍涌芬芳。勠力谋腾跃，诗市铸辉煌。

【题解】

中华诗词学会成立于1987年5月31日（农历五月初五端午节）。吉林省诗词学会成立于1987年5月15日（农历四月十八）。四平市诗词学会成立于1987年8月9日（农历七月十五）。

高阳台·向海风光

塞外荒原，关东向海，回眸鸿雁成行。湿地湖湾，游船微浪新装。蓝天白鹤腾空舞，伴流云，展翅翱翔。望沙洲，千翠攀高，百鸟鸣长。
黄榆挺立风沙虐，固家乡沃土，世代呈祥。更有新奇，花开大漠朝阳。苇塘连片随风荡，涌清波，旖旎风光。站亭台，绿野无垠，红杏留芳。

高阳台·吉春集团

迤逦江山，葱茏草木，松辽余脉呈祥。魅力吉春，誉飞四海荣光。青山育鹿膘肥壮，伴流云，劲旅徜徉。步高楼，健酒延年，健步称王。
经年不倦开工厂，靠材优人旺，药质精良。团队攻坚，集团日益隆昌。乘长风破千层浪，正初心，锦帜飘扬。占鳌头，伟业传真，史册流芳。

念奴娇·贺四梨大街开通

通天大路，展长街万米，车流如注，商贾集中财旺地，史册功名卓著。绿柳千条，云霞万朵，引杰豪无数。花团锦簇，凤翔龙翥争露。
昔道遐迩皆知，土飞尘漫，黎庶奔波苦。破解资金排困扰，全赖同仁驱雾。锣鼓齐鸣，莺歌燕舞，禹甸流芳处。交通追梦，创新宏业长步。

望海潮·赞四平东客运综合枢纽

巨龙腾跃，东南枢纽，雄姿尽展松辽。崛起新城，拓宽乡路，金秋丽景妖娆。黎庶引为豪。看客旅来去，喜挂眉梢。公铁相通，创新联运显雄韬。　　花香路阔楼高，喜工程卓越，锣鼓云霄。思立项时，斟筹金日，千群重担争挑。邀四面英豪。百计谋新策，锦帜扬飘。瞩目交通大业，迎雨顺风调。

鹧鸪天·辽畔版主塔山行

韵友相携游塔山，吟旌结伴梦魂牵。白云飘舞迎佳客，绿卉轻摇展笑颜。　　临秀地，忆当年，先驱洒血换今天。诗林一派松辽立，史册书丹写大千。

鹧鸪天·慰问驻四平某部并观看庆八一文艺演出

嘹亮歌声振四平，绿茵场上鼓锣鸣。普天佳节同欢庆，百姓官兵共友情。　　临校场，举旗旌，雄风铁甲戍长城。训培刻苦强军梦，威武之师斩浪行。

鹧鸪天·游云翠谷

东域英城焕彩霞，谷山云翠到天涯。清风绿柳同耽句，曲径田丰共丽葩。　寻故地，话桑麻。诗朋结伴访农家。葱茏大地妖娆景，笑语欢歌众友夸。

临江仙·从泉湖采风

云淡天高游卉海，丁香月季叶兰。吟旌团队梦魂牵。诗情连画意，辽畔话当年。　姹紫嫣红情缱绻，“三农”追梦新篇。英城域北焕丰颜。脱贫开富路，伟业立峰巅。

鹧鸪天·《浩气长存》诗集发行感赋

浩气长存史册篇，四平解放艳阳天。东西高架腾空起，南北双河秀色妍。　思鏖战，忆当年，松辽大地悼英贤。成仁有志为家国，换取中华盛世年。

鹧鸪天·贺梨树小城子中心校获诗教先进称号

放眼田畴也快哉，丰收喜讯入胸怀。去为僻壤乡村校，今把诗词杨柳栽。　传薪火，上高台，名庠诗教挂金牌。滔滔辽水扬国粹，宋韵唐风逐雾霾。

鹧鸪天·访叶赫诗词创作基地

万壑千岩感物华，声名塞北到天涯。田畴滴翠闻清气，叶赫河清映碧霞。　游夏日，访农家，吟旌基地话桑麻。高山大架鸿儒雅，宋韵唐风到自家。

鹧鸪天·赞惠农采摘纳福园

滴翠青山也壮哉，葱茏满目绿成排。葡萄高架铺浓荫，瓜果飘香逐雾霾。　多酬酢，巧安排。老夫童稚乐开怀。惠农纳福清凉地，秀岭鲜花次第开。

鹧鸪天·贺圣杰兄《诗路历程》新集付梓

韵海无涯辛苦程，新书问世赖勤耕。松辽河畔风骚韵，戎马春城军旅情。　年已暮，志犹横。诗坛奋力勇攀登。一腔热血旌旗举，赢得家山诗阵荣。

鹧鸪天·铁岭莲花湖采风

十里莲花万朵芳，声名华夏丽荷塘。水波潋滟山光美，候鸟呢喃绿岛芳。　如御苑，似天堂。游人驻足彩旗扬。齐夸环保湖增色，造福人民飘锦章。

鹧鸪天·赞铁岭龙首山

遐迩闻名龙首山，蜿蜒雄势壮峰峦。柴河清秀传奇远，白塔横云丽色妍。　　游秀景，赏名贤。千年古寺客流连。虹桥飞架高楼立，盛景辽西魂梦牵。

鹧鸪天·贺志昌《追梦集》问世

问世新书焕彩霞，珠玑雅韵绽奇葩。法槌辽畔关黎庶，戎马本溪卫国家。　　思去日，展光华。建筹诗会众人夸。填词作赋由来久，追梦征程绚丽花。

【黄钟】人月圆·咏霍家店

新村锦帜神州耀，革故起狂飙。关东秀色，丰登五谷，百业妖娆。哪堪回首，克难进取，任重途遥。驱霾荡雾，沐雨栉风，壮志凌霄。

【仙吕】醉中天·叶赫春游

晓日兰花秀，霞映柳梢头，如醉风光邀我游，叶赫春如秀。喜老城聚咱词朋韵友，暮临家山，依然诗酒相酬。

后　记

按照“长白山诗派丛书”编辑部的要求，我把多年写作诗词编成了《张玉璞诗词选》。这本诗集主要收录了我在2005年和2016年分别出版的《生命的旋律》和《琢璞集》两本诗集的基础上新创作的诗词。诗集共分为三个篇章。其中：律诗一百九十二首，绝句一百七十三首，词曲一百二十首。

我不敢奢谈作诗，对诗词写作深欠修养。只是有知以来，对诗词，尤其是古诗词有着强烈的爱好，特别是爱其文字简练，含蓄隽永，音韵和谐，朗朗上口，具有极强的艺术魅力。读之写之，都能陶冶情操，催人奋进，情感表达淋漓尽致。记得青少年时期，小学和中学老师在语文学习上给我打下了很好的基础。我在家境十分困难的情况下，小学二年级就开始涉猎课外读物，主要是小人书等。进入四年级时就用姐姐的借书证或靠熟人去市图书馆借阅诗词和小说。由于受“文革”的影响，我在“文革”前的市重点中学（四平师专附属中学）仅仅读了两年书。但初中二年级以前学过的文言文和古诗词，时至今日相隔五十多年时间，我基本上都能背诵如流。当然，这得感谢历届老师尤其是中学位云山、赵济航两位语文老师的言传身教和严格要求，我十分珍惜和留恋那短暂的黄金般的学生时代。参加工作后，我在四平卷烟厂任党委委员、副厂长期间，有机会到国家轻工业部管理干部学校学习了近一年时间的企业管理和经济管理，又利用五年时间参加了四平师范学院中文系的函授学习。这期间又加深了我对古诗词的强烈爱好，尤其是对唐宋诗词，简直是爱不释手。边学边背，能背诵两千余首古诗词，还利用业余时间写一点东西。我认为唐宋诗词是祖国文学的瑰宝，是民族文化的骄傲。我无论公出还是在家；无论是晨练还是坐车；无论是在小溪旁还是在青山下，一个人放声背诵古诗词，是我人生中最大的乐趣，最大的幸福。一诵读古诗词，一切烦恼和不快都烟消云散，似乎生命在跌宕起伏、凄惨婉转的诗篇中得到了延伸和升华。

说起诗词写作，还得从我参加工作时讲起，70年代初我在四平客车装配厂工作，这是当时我市规模较大的行走机械生产企业，仅总装车间就有二百四十多名职工，分成十几个工段和小组。记得我在生产第一线当工人的时候，总觉得产业工人十分伟大，生产车间特别壮观。经过无数工人的辛勤劳动，使一台台崭新的客车开出了自己的工厂，奔驰在祖国的四面八方。飞驰的客车凝聚着工人师傅辛勤劳动的汗水，轰鸣的马达传出了总装工人内心的甜美。所以，我根据自己的切身体会，学习贺敬之、郭小川等现代诗人的文风，写出了《装配工人之歌》等一些工人诗歌。后来，走上领导岗位后，由于工作繁忙，写作的时间相对少了一些，但只要稍有闲暇，每有激情偶感，我就抓紧时间写作。特别是偶有诗朋聚会、故友相逢、游历祖国名山大川的时候，就更萌动了我的创作激情；此外家人亲属遇有或悲或喜的大事，我也愿意写上几行字，借以抒发自己的情感。在漫长的人生长河中，往往会发生一些情感上的纠葛，我也有描写爱情方面的诗词。随女儿去东南亚、台湾、港澳等地旅游的时候，总要挤出时间，随着情感脉搏的跳动和激动的心情写出一些拿不出手的诗词。但和古汉语格律诗的要求相差甚远。真正有时间潜心写一点东西的时候，还是我从工作岗位退下来的时候。特别是加入四平诗词学会后，大家推举我任学会会长的近十年时间。每次看到祖国和家乡日新月异的变化，每次游历祖国的名山大川，都写有作品。特别是积极响应党和组织的号召，努力创作出一些宣传正能量和主旋律的作品。其中为中宣部确定的“楷模人物”和“最美志愿者”“最美法官”等创作诗词达四十九首，有二十一首诗词被中央电视台和国家级报刊选用。

清初第一词人纳兰性德，祖籍地在吉林省四平市叶赫镇，叶赫山区地处长白山余脉，也是长白山文化的延伸。叶赫文化在厚重的中华文化史以及民族文化史中有着特殊的意义。纳兰性德也是四平市的文化品牌，是我们家乡四平的骄傲！作为四平市诗词学会和纳兰性德诗词研究会会长，我要义不容辞地去宣传和研究好纳兰性德诗词，继承和利用好先人给我们留下的宝贵遗产。在这方面我除了带头创作吟咏纳兰的诗词，还组织学会会员做了大量卓有成效的工作：开设大讲堂，举行端午诗会、全国研讨会、清明诗会、诗词大赛。为了突破局限性，更好地弘扬纳兰文化，我们还采取走出去请进来的办法，与北京海淀区政协、海淀区纳兰文化研究中心以“四海一家”为主题进行友好交流，并专程去天津拜访了著名学者叶嘉莹先生，取得一系列丰硕成果。在纳兰性德诞辰三百六十周年之际，我们策划、组织了全国诗词大赛活动，收到来自全国二十八个省、市、自治区的五百四十二位诗人的两千一百六十二件作品，参赛范围之广、数量之多、质量之高，在全国各类诗词大赛中也是很少见的。

《张玉璞诗词选》中的篇什会有许多不妥之处，敬请老师、方家、同好不吝赐教。特别感谢省诗词学会张福有、蒋力华、吴文昌、沈鹏云等领导给予我出书的机会，同时十分感谢温瑞、张应志等编委对我的诗稿的审查指导。

行路致远，诗途漫漫。我将不懈求索，砥砺前行。不辜负诗界领导、前辈、方家以及众多诗友的鼓励和鞭策，为繁荣和发展诗词事业添砖加瓦，奋斗终生！

张玉璞

2018年6月26日于琢璞斋

总　跋

经与蒋力华先生多年的思考、谋划与操办，在我省老领导王云坤、张岳琦、唐宪强的关心、支持下，在吉林省委宣传部、吉林省财政厅、白山市委、吉林省文史研究馆、吉林省长白山文化研究会和时代文艺出版社的大力支持下，吉林省诗词学会、长白山诗社认真操作、实施，“长白山诗派丛书”终于面世。

“长白山诗派丛书”，原思路是编撰“长白山诗词流派丛书”，以长白山天池为发端，将沿大泽、松花江、鸭绿江、图们江、伊通河、东辽河、辉发河、浑江、牡丹江、嫩江等江河的诗人之作品分别结集成卷，再加上一卷黑土地农民诗人卷，共编辑出版三百卷，已经列出入围名单。在征求意见时，各方普遍感到规模过于庞大，缺乏财力支持，难以启动和实现。后来，便收缩了范围，缩小了规模，改为“长白山诗派丛书”，规模为一百卷，分三年完成。2019年，是新中国成立七十周年，就先出七十卷，向国庆七十周年献礼。2020年，是长白山诗社成立三十七周年、吉林省诗词学会成立三十三周年、吉林省长白山文化研究会成立二十周年，再编辑出版三十卷，完成一百卷的创新、补白之举。

中国作为诗的国度，“诗派”之说古已有之。盛唐之诗代表了唐诗的最高成就，这是唐诗的第一个高峰。其标志是两大诗派：一是以王维、孟浩然为代表的山水田园诗派，二是以高適、岑参为代表的边塞诗派。李白和杜甫是盛唐双峰并峙的伟大诗人，他们的诗歌代表了唐诗乃至中国古典诗歌的最高成就。唐德宗贞元到唐宪宗元和年间（785—820年），唐诗发展的第二个高峰出现了。其标志也是两大诗派的崛起：一个是以白居易为首，元稹、张籍、王建、李绅等人为羽翼；另一个是以韩愈为首，孟郊、贾岛、卢仝、李贺等为羽翼。他们面对诗的创作“极盛难继”的困境，敢于追求变化创新，努力从博大精深的杜甫诗中汲取开拓创新的思想艺术营养，学习杜甫“因事立题”、用乐府诗反映民生疾苦，使杜诗的现实主义精神得到进一步发扬光大。他们继承了杜甫在艺术上刻意求新、富于创造性的精神，写险怪、写幽僻、写苦涩、写冷艳等，以散文章法、句法入诗，并且大量使用一些非前人诗中所习见的词语，押险韵，拓展了诗的表现领域，丰富了诗的创作手段和艺术风格，推动了唐诗的发展。现在，我们距唐诗第二个高峰，已历约一千二百年。

清代诗人宋荦在《漫堂说诗》中写道：“唐以后诗派，历宋、元、明至今，略可指数。宋初晏殊、钱惟演、杨亿号‘西昆体’。仁宗时欧阳修、梅尧臣、苏舜钦谓之欧、梅，亦称苏、梅，诸君多学杜、韩。王安石稍后，亦学杜、韩。神宗时，苏轼、黄庭坚谓之苏、黄。又黄与晁补之、张耒、陈师道、秦观、李廌称苏门六君子。庭坚别开‘江西诗派’，为‘江西’初祖。南渡后，陆游学杜、苏，号为大宗。又有范成大、尤袤、陈与义、刘克庄诸人，大槩杜、苏之支分派别也。其后有‘江湖’四灵徐照、翁卷等，专攻晚唐五言，益卑卑不足道。金初以蔡松年、吴激为首，世称‘蔡吴体’。后则赵秉文、党怀英为巨擘，元好问集其成。其后诸家俱学大苏。元初袭金源派，以好问为大宗。其后则称虞（集）、杨（载）、范（椁）、揭（傒斯），元末杨维祯、李孝光、吴莱为之冠，前如赵孟頫、郝经，后如萨都剌、倪瓒，皆有可观。明初四家，称高（启）、杨（基）、张（羽）、徐（贲），而高为之冠。成、宏间李东阳雄张坛坫。迨李梦阳出，而诗学大振，何景明和之，边贡、徐祯卿羽翼之，亦称四杰，又与王廷相、康海、王九思称七子。正、嘉间又有高叔嗣、薛蕙、皇甫氏兄弟稍变其体。嘉、隆间李攀龙出，王世贞和之，吴国伦、徐中行、宗臣、谢榛、梁有誉羽翼之，称后七子。此后诗派总杂，一变于袁宏道、锺惺、谭元春，再变于陈子龙。本朝初又变钱谦益。其流别大槩如此。”

关于清诗流派，众说纷纭。《清诗流派史》一书细分了二十多个诗派，竟无一个长白山诗派，显然值得思索与商榷。长白山诗派是个客观存在，不论是否论及，都否定不了其实际上的存在。这一点，本书总序中已有论述，恕不赘言。

长白山地处东陲，“东陲无文”之见根深蒂固。传承、繁荣长白山诗派，是长白山地区诗人责无旁贷的使命。在这方面，我们努力了。从1994年蒋力华在白山市主持召开全国第一次长白山文化研讨会、1996年我在白山市主持召开全国第二次长白山文化研讨会、1998年我在白山市主持召开第三次长白山文化研讨会暨《长白山诗词选》首发式起，我们持之以恒地努力了二十多年。这二十多年，我们主要做了三件事：

一是，梳理了长白山诗词在中华诗词中的源流关系。雄伟的长白山和广袤的关东大地，是孕育长白山诗词的肥沃土壤。类利的《黄鸟歌》，是长白山下第一首有确切作者名字的带有《诗经》风格的四言诗。隋炀帝的《纪辽东》，是词的源头。其中写道“清歌凯捷丸都水，归宴洛阳宫”，丸都，就在长白山下。李世民的“驻跸俯丸都，伫观妖氛灭”，亦然。李白的《高句丽》《送王孝廉觐省》，直接写长白山下的土著。苏东坡的《人参》，直接写到长白山的特产。陆游的“鸭绿桑榦尽汉天”“却回射雁鸭绿江”，都是写长白山发源的鸭绿江。张元榦的“山拥鸡林，江澄鸭绿”，正是长白山的景物。王寂的《张子固奉命封册长白山回以诗送之》，是以诗证史的权威诗作。赵秉文的《长白山行》、刘敏中的《卜算子·长白山中作》，不可多得。元曲中的“雄赳赳，气昂昂”，成为中国人民志愿军军歌的歌词。朱元璋的《鸭绿江》，康熙的《望祀长白山》《松花江放船歌》，尤侗的《长白山赋》，吴兆骞的《长白山》《长白山赋》，曹寅的《乌拉江看雨》，纳兰性德的《柳条边》，乾隆的《望祭长白山》《吉林土风杂咏十二首》，顾太清的《冰灯》，吴大澂的《皇华纪程》，张凤台的《赠刘建封勘查长白山》，刘建封的《白山纪咏》，吴禄贞的《又留别长白山》等，不胜枚举。两千多年，诗咏长白，一脉相承；脉发长白，源远流长。中华民族诗的传承在东北、在吉林有脉可寻。从隋炀帝的《纪辽东》到康熙的《松花江放船歌》，就是一部史诗，也是关东大地的历史，清晰地记载着、深远地影响着中国的历史。以诗可以纪事，以诗可以证史。

二是，搭起了以诗词贯通古今的桥梁和平台。新的长白山诗派，由1998年《长白山诗词选》的出版开始，代表着新气象之开端，至今已二十一年。2004年，吉林省诗词学会与“中华诗词论坛”合办“关东诗阵”，至今已历十五年。“吉林诗词现象”“关东诗阵现象”，已经在中华诗词界得以公认。这应是中华诗词由复苏到复兴进程中的新生事物。我们以“关东诗阵”为主要平台，组织东北以及关内关心东北地区诗词文化建设的诗人，坚持集中开展采风创作，紧紧围绕长白山诗词流派建设，以诗纪事、以诗证史，在创作中培养、提高队伍。“吉林诗词现象”和“关东诗阵现象”，实质上是当代中华诗词的一种创造性实践，是长白山诗派复兴和崛起的象征。

自2007年以来，我们搞了二十多次采风创作，在吉林人民出版社、吉林文史出版社、时代文艺出版社出版了二十多部大型主题诗词专集。在“华夏杯”等全国诗词大赛上，邵红霞等诗人多次获大奖，吉林省诗人甚至曾囊括一、二、三等奖和优秀奖。

《长白山诗词》杂志，有国内和国际公开刊号、有经费、有编制，成为诗人永远的家园……《长白山诗词》创刊三十五年，已出刊一百五十期，刊发诗、词、曲等七万多首。《长白山诗词选》收录诗词作品一千一百六十一首。《中华诗词文库·吉林诗词卷》刊发诗词三千五百五十五首。二十多部采风专集收录诗、词、曲、赋三万余首。直接写长白山等景物的计约一万五千首。这是之所以敢称长白山诗派的雄厚的诗词作品基础和现实的工作基础。

三是，培养了队伍，创作了一批标志性作品。拙斋与蒋力华先生写长白山及关东地区景物的诗词，都在一千首以上。这都是从来没有过的。我们整理、新创了《纪辽东》《玉甸凉》《海龙吟》《一剪梅引》等新词牌，得五千多首作品，温瑞先生称其“具有里程碑的意义”。自2005年以来，连续十五年举办迎春唱和活动，范围包括全国各省，和诗数量近万首，古之未见。在诸如“呼唤”“蟹岛唱和”“海棠雅集”等当代国内最重要的诗词活动中，我们大致都提供了二分之一的作者、三分之二的作品。范围之广、数量之大、反应之灵敏、集结之快速，都是关东诗阵、诗域吉林的特殊存在、实力所在。拙作《张福有诗词选续辑》的出版，被誉为当代长白山诗派的代表作和巅峰，直接促成了“长白山诗派丛书”的立项。

从诗教和诗词基本建设方面来说，我们有意识地下了很大功夫。吉林省诗词学会老会长、长白山诗社社长张岳琦携女张昕所著的《诗词格律简捷入门》，一版再版，深受欢迎。拙著《诗词曲律说解》，公木先生作序，畅销南北，免费发在“国学宝典”网上，惠人无数。吴文昌的援藏援疆新边塞诗，蒋力华的《纪辽东》，张应志的《关东历史名贤百咏》，温瑞的民间风情，聂德祥的《虎啸集》等，都可圈可点。在被周笃文先生誉为“关东铁军”的兵团中，有十分耀眼的女子方阵和农民方阵。王述评、于子力、胡玫、王丽珠、赵凌坤、李容艳、奚晓琳、黄春华、陈静、卢海娟、林丽、吴菲，被称为“十二仙媛”，出版了《十二仙媛集》。许清忠、李彦、刘振翔、张利春、王雪梅、王玉孚、杨丽、高俊香、常红岩、冯振江、杨秦山、郎丽萍、金福昌等一批农民诗人和赵志梅等一批工人诗人，已经成为吉林黑土地上的知名诗人。

由上可知，2010年杨金亭先生关于“可以说，长白山诗词流派，现在已经初步形成”的概括，是符合实际的。面对如此丰厚的成果，我们有责任将其裒辑成卷，以便于当代及后人研究。我们面临一个新时代、好时代。这一时代的长白山诗词创作，着眼历史使命，秉持人民立场，坚定文化自信，繁荣诗词创作，记载发展历程，积累创作经验，是不可断条、不可或缺的。留下我们所处时代的诗的韵律、诗的画卷、诗的记忆，不负我们所处的伟大时代和庄严使命。这套丛书的出版，也有助于消除“东陲无文”的偏见。

“长白山诗派丛书”已入选的作者和作品，无疑是当前吉林省和辽宁省、黑龙江省诗人中的佼佼者和代表作，但并非没有不足之处。同时，由于名额所限等因素，还有一些作者、佳作未能入选。这当然是一个遗憾。好在还有多种渠道和路径，会不断弥补这个遗憾。应当相信，只要是好诗词，就不会被埋没。

“长白山诗派丛书”的出版，既是对一个阶段长白山诗词成果的集中检阅，又是一个新的起点和标志。以往若干研究中国东北文学和诗词的学者，大都无视当代旧体诗人之作。这不能怪别人，至少我们没有系统呈现这方面的丰硕成果。相信“长白山诗派丛书”出版之后，这一情况会有所改观。如此丰硕的诗词成果，是不容忽视的。至于如何评价，那是又一回事，而且对于现在来说，那不是主要的。是非成败，悉由后人评说。

最后，还要由衷地感谢王云坤同志为“长白山诗派丛书”题签。感谢省委宣传部和时代文艺出版社，自觉贯彻落实习近平总书记关于文化建设一系列重要指示，积极立项“长白山诗派丛书”一百卷。这是长白山文化事业建设的大举措，是一种高度的文化自信和文化自觉。时代文艺出版社决定要出精装本，精心选择印刷厂家，体现了高度重视和担当精神。在编辑的过程中，经费不足，得到了白山市委的给力支撑，这也是高度的文化自信和文化自觉的鲜明体现。全省各级诗词学会和诗词组织，认真贯彻落实省诗词学会的部署，精心选择、推荐作者，积极帮助准备作品，在极短的时间内，高效地完成各项任务。所有作者都积极主动，像珍惜生命一样珍惜这样千载难逢的好机会，认真选稿，反复修改。“长白山诗派丛书”的主编、副主编、编委会成员以及出版社的编辑、制作团队，日夜兼程，加班审稿、改稿，扫除差错。正是各方面的配合与努力，使这项空前的诗词文化工程得以顺利完成，并以此向新中国成立七十周年献礼。

总跋赘语

赫然百帙出东陲，率发洪荒力共推。
十六奇峰围大泽，三千弱水毓雄碑。
謦音启昧缥缃醉，手斧披榛锦绣维。
聊引遐陬通韵府，一开绮卷一扬眉。

張福有

2019年4月20日于长春养根斋